고독한 미식가의
먹는 노트

Illustration あべみちこ(よつば舎)
Design 草苅睦子(albireo)
Photographs 伊藤彰紀(aosora)
Styling 増井芳江(田代事務所)
Hair & Make-up 髙橋郁美
Artist Management ザズウ
Special thanks 松重暢洋

고독한 미식가의
먹는 노트

たべるノヲト。
松重豊

마츠시게 유타카 지음
황세정 옮김

자, 오늘은

뭘 먹어 볼까?

시원
북스

에피타이저

일본 도쿄의 히가시긴자에는 '북엇국' 전문점이 있다. 말린 명태인 북어로 육수를 낸 요리인 북엇국은 일본인들에게는 그다지 친숙하지 않지만, 한국에서는 매우 대중적인 요리로, 특히 술을 마신 다음 날 아침에 먹으면 시원한 국물이 지친 속을 달래 주어 무척이나 인기가 많다. 그런 북엇국을 도쿄 한복판에서 아침 7시부터 맛볼 수 있는 곳이 바로 이 가게다. 식당 이름도 일본어로 대구[1]를 뜻하는 '타라たら'를 그대로 붙인 '타라짱たらちゃん'. 메뉴도 오직 '북엇국' 하나만을 내세운 당당함에서 식당 주인인 고 씨[2]의 패기가 엿보였다.

사실 영화 〈고독한 미식가 더 무비〉[3]도 이 가게로부터 많은

---

1 명태를 건조시킨 생선을 '북어'라고 한다. 명태는 대구과에 속하는 생선으로, 대구와 생김새가 비슷하나 대구보다 홀쭉하고 길쭉하다.
2 여기서 고 씨는 일본에서 나고 자란 재일한국인 고 마스미高潤美 씨를 말한다.
3 일본에서 2025년 1월 개봉, 한국에서는 2025년 3월 개봉

영감을 받았다. 이번 영화의 기획부터 제작, 각본, 심지어 감독까지 내가 직접 맡게 되어 2년 전 여름부터 시나리오의 소재를 찾을 겸 여러 식당을 둘러보았다. 그러던 중 이곳의 북엇국을 맛보게 되었고, 이를 이야기의 중요한 모티브 중 하나로 삼게 된 것이었다.

그런 '타라쌍'에서 엎어지면 코 닿을 거리에 매거진하우스 출판사의 본사가 있다. 어느 날 출판사 편집부로부터 호출을 받았다. 그간 매거진하우스의 여성지 《크루아상》에 연재해 온 에세이 〈먹는 노트〉를 책으로 출간하자는 이야기였다.

그러고 보니 연재를 시작한 지 어느덧 2년이 되었다. 사실 요즘은 소재가 다 떨어진 기분이었다. 예전에 썼던 이야기를 또다시 쓰다가 중간에 알아차리는 일도 부지기수였다. 이참에 차라리 책 출간에 맞춰 연재를 끝내도 나쁘지 않을 것 같았다.

그런데 편집자인 쓰지오카 씨가 이번 책 출간에 맞춰 에세이를 몇 편 새로 써 보는 게 어떻겠느냐고 제안했다. 예전에 에세이집을 출간할 때, 단편 소설을 새로 써서 함께 실은 적이 있긴 했다. 그래서 이번에도 단편 소설을 한번 써 보고, 괜찮으면 다음에 만들 영화의 원작으로 삼아 보면 어떨까 하는 생각이 들었다. 문득 떠올린 기획이기는 했지만, 과연 〈먹는 노트〉와 세트로 하기에 적합한 글이 나오려나. 나름대로 머리를 열심히 굴리며 방향을 모색하고 있었는데, 미팅을 마무리하는 단계에서 〈먹는 노트〉도 계속 연재하자는 제안을 받았다.

이렇게 미팅을 마친 우리는 매거진하우스를 나와 다 함께 '타라짱'으로 향했다. 아직 점심시간 전이었는데도 벌써 여성들이 길게 줄을 늘어서 있었다. 여성지에 연재할 에세이에 관한 이야기를 마치고, 여성 직원들과 함께, 여성 사장님이 만든 시원한 북엇국을, 다른 여성 손님들과 함께 홀짝였다. 아무리 '다양성의 시대'라고는 하지만, 딱히 그런 교육을 받지도 않은 아저씨인 내가 여성 독자들을 위해 어떤 글을 쓸 수 있으려나.

어쨌거나 그런 연유로 〈먹는 노트〉가 책으로 나오게 되었다. 뭐, 딱히 특별한 내용을 담은 에세이가 아니라, 그저 '음식'에 대해 쓴 '노트', 대충 끼적인 글이다. 쇼와 시대[4]의 추억이 가득

---

4   1926년 12월 25일부터 1989년 1월 7일까지 이어진 일본의 연호로, 이 시기에 일본의 근대화와 산업화가 급격히 이루어졌다. 경제적 성장과 함께 문화와 사회에서도 큰 변화를 겪은 시기다.

담겨 있는데, 혹시 모르는 부분이 있다면 할머니에게 여쭈어 보거나 인터넷으로 검색해 보면 뭐든지 가르쳐 줄 것이다.

　그리고 이 책을 펼친 소중한 독자분들을 위해 책 마지막에 특별 부록으로 나의 아침 루틴을 소개하고자 한다.

　그럼 여러분도 함께 외쳐 보시길.

　"잘 먹겠습니다."

　배우 마츠시게 유타카가 전하는 '음식의 기억'을 담은 에세이,

　그 기억을 더듬어 가며 여러분도 함께 여행을 떠나 보세요.

1장

안주

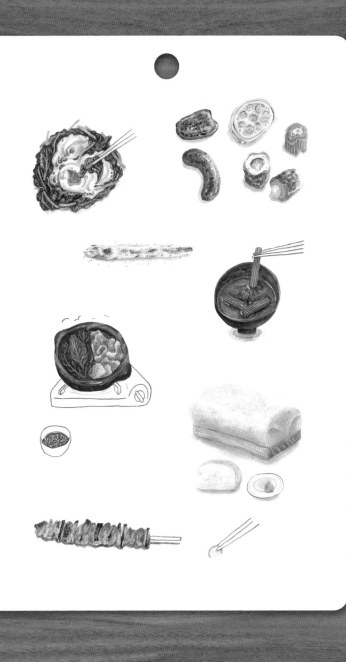

시금치

뽀빠이, 엉덩이 모양의 턱과 가느다란 팔
세일러복 차림의 비건 사내

매거진하우스로부터 에세이를 집필해 달라는 의뢰를 받고,
건네받은 명함 뒷면에 적힌 잡지명 'POPEYE^{영어로는 '파파이', 일본어로}
_{는 '포파이'라고 발음한다}'를 보자 애니메이션 〈뽀빠이〉는 어떻게 되었을
까 하는 생각이 문득 들었다.

〈뽀빠이〉는 작은 체구의 선원 뽀빠이와 키가 크고 호리호리
한 뽀빠이의 여자 친구 올리브, 그리고 미워할 수 없는 악역
블루토가 펼치는 15분 길이의 코미디 애니메이션이었다. 그 당
시 어린이들에게는 〈톰과 제리〉와 쌍벽을 이룰 만큼 인기가
많았기에 애니메이션이 방영되던 저녁 시간은 잠시나마 미국

의 분위기를 느낄 수 있는 귀한 시간이었다.

주인공인 뽀빠이는 궁지에 몰리는 순간, 시금치를 먹으면 공격력이 폭발적으로 증가하는 매우 특이한 체질을 지니고 있었다. 뽀빠이는 채식주의자나 비건이었을까. 더군다나 뽀빠이가 먹던 시금치는 언제나 신선한 시금치도 아닌 통조림 제품이었다. 나는 이제껏 살면서 시금치 통조림을 한 번도 본 적이 없는데 말이다!

그래서 뽀빠이는 위기의 순간마다 시금치 통조림을 맨손으로 터뜨려 한입에 털어 넣었다. 그만큼 뽀빠이는 무시무시한 악력을 지녔지만, 거대하게 발달한 그의 아래팔 근육에 비해 가늘기 짝이 없는 위팔이 눈에 거슬렸다. 대체 어떤 헬스클럽을 다녔는지는 모르겠지만, 운동 기구를 잘못 선택한 게 아닐까 싶다. 게다가 통조림을 맨손으로 찌그러트릴 정도의 힘이 남아 있다면 굳이 시금치를 먹지 않아도 적들과 충분히 싸울 수 있었을 것 같기도 하고.

요즘 같으면 통조림보다는 레토르트 파우치에 든 시금치가 더 적당하지 않을지. 급할 때는 여자 친구인 올리브가 편의점의 반찬 코너로 달려가 얼른 사 오면 될 일이다. 아니면 배달 플랫폼에서 파는 제품을 사서 쟁여 두었다가 옷에 하나씩 몰래 넣어 두는 것도 좋은 방법이다.

하지만 한창 싸우는 중에 파우치 용기가 찢어져 시금치 국물이 새어 나와 새하얀 세일러복에 퍼런 얼룩을 남기는 일은 피하고 싶다. 아니, 잠깐, 시금치를 과다 섭취하면 옥살산 oxalic acid[1] 성분이 신장 결석을 일으킨다고 하던데. 시금치는 위험하니 소송채[2]로 할까? 음, 소송채가 미국에도 있던가?

이런 말도 안 되는 생각을 하고 있자 만화의 또 다른 등장인물인 '윔피'가 문득 떠올랐다. 윔피는 툭하면 "(급여를 받는) 돌아오는 화요일에 갚을 테니 햄버거 하나만 사 줘"라며 사람들에게 빌붙는 뚱뚱한 캐릭터다. 일주일마다 급여를 받는 주급제도, 맥도날드 햄버거도 널리 보급되지 않았던 옛날의 이야기다.

그러고 보니 매거진하우스에 아직 '윔피'라는 이름의 잡지가 없던데. 엉뚱한 이야기를 늘어놓는 이 글을 연재하기에도 다른 잡지보다 '윔피'라는 잡지가 더 어울리지 않았을까. 만약 진짜로 잡지가 나온다면 창간호의 주제는 당연히 '햄버거'가 되겠지.

---

1 물에 잘 녹고, 염료의 원료나 표백제 따위에 쓰인다.
2 순무의 일종인 잎채소로, 일본의 '국민 채소로 불린다.

버터에 살짝 볶은
시금치에
달걀프라이

간장을 뿌린 다음,

반숙 노른자를
터뜨려 먹는다

가라시렌콘

어찌 될지 뻔히 알았음에도
코끝이 찡해져 눈물이 났다

곰이 나오는 그림책을 샀다. 근처 미술관에서 그림책 작가인 와카야마 켄 씨의 전시회가 열렸기 때문이다. 와카야마 켄 씨는 한국에는 '아기곰 쿠마 그림책 시리즈'라는 제목으로 나온, 누구나 한번쯤은 봤을 법한 그림책을 쓴 작가다. 내가 그림책을 산 이유는 당연히 손주에게 주기 위해서다.

한데 어째서 그림책이나 동화책 같은 아이들을 위한 책에는 동서양을 불문하고 곰 캐릭터가 그리도 자주 등장하는 걸까. 곰돌이 푸나 패딩턴 곰도 그렇고, 테디베어도 비슷한 부류가 아닐까 싶다. 어쩌면 전 세계 어린이들이 가장 사랑하는 동물이 곰이려나. 나는 살면서 곰과 마주친 적이 한 번도 없는데, 설령 마주친다고 해도 결코 곰을 귀엽게 여길 리도 없거니와 내 연기력으로는 죽은 척하며 곰을 속일 자신도 없다.

오늘은 '구마모토熊本'에 왔다. 지명에 '곰 웅熊' 자가 들어가지만, 딱히 곰이 서식하는 지역은 아니다. 와카야마 현和歌山県에 와카야마 켄若山憲 씨가 살지 않는 것과 마찬가지다. 그 대신 구마모토 현에는 지역을 대표하는 곰 마스코트 '구마몬'이 있다. 정말 어디를 가나 있다. 구마몬 캐릭터를 기획한 고야마 군도 씨를 비롯한 여러 사람의 의지가 반영된 덕분인지 규제가 느슨해 저작권료를 내지 않고도 지역 곳곳에 쓰이고 있다. 구마모토 현 출신의 스모 선수 사다노우미 다카시가 구마몬 캐릭터가 그려진 경기복을 입고 나온 모습도 재미있었다.

하지만 지금은 구마몬에 빠져 있을 때가 아니다. 오늘은 당일치기 촬영 일정이라 끝나자마자 도쿄로 바로 돌아가야만 한다. 자, 그렇다면 '구마모토 음식' 중에 무엇을 먹을까. 어쩐지 모 방송 프로그램 같은 분위기가 되어 버렸지만, 가장 먼저 생각난 음식은 곰이 아닌 말, 일명 '바사시'라고 불리는 말고기 육회였다. 그러나 얼마 전 대하드라마를 촬영할 때 탔던 말의 동그랗고 귀여운 눈동자가 이내 떠올랐다. 참으로 순하고 점잖은 말이었다. 이번엔 말고기 육회는 건너뛰자.

그렇다면 구마모토 라멘은 어떨까. 규슈 내 다른 지역의 라멘보다 앞서 도쿄에 진출한 라멘 전문점 '케이카^{ケイカ}'에서 파는 '타로멘^{두툼한 돼지고기와 생양배추가 어우러진 라멘}'도 오랜만에 당겼지만, 그건 신주쿠에서도 얼마든지 먹을 수 있다. 그렇다면 연근을 이용한 구마모토의 전통 요리 '가라시렌콘'으로 할까. 먼저, 연근 구멍에 겨자와 된장을 섞은 소스를 채워 넣을 생각을 처음 한 사람에게 박수를 보낸다. 그리고 그렇게 만든 연근에 튀김옷을 입혀 튀길 생각까지 한 사람에게는 더 큰 박수갈채를 보내고 싶다.

이렇게 갓 튀긴 가라시렌콘을 예전에 현지의 어느 선술집에서 먹은 적이 있다. 선물용으로는 큼직하고 모양새도 좋은 연근이 인기겠지만, 즉석에서 튀겨 먹을 때는 두 입에 다 들어가는 작은 크기가 가장 좋다. 호호 불어 식혀 가며 입안에 머금으면 겨자의 매콤한 맛이 코를 뻥 뚫어 버린다. 그러면 바삭바삭한 식감과 함께 남은 겨자의 은은한 향을 즐기면 된다.

저절로 입에 고이는 침을 꿀꺽 삼키고 있자 어느 틈엔가 촬영을 위해 마중 나온 차량 한 대가 내 앞으로 다가왔다. 그제야 내가 구마모토에 무슨 일로 내려왔는지 생각났다.

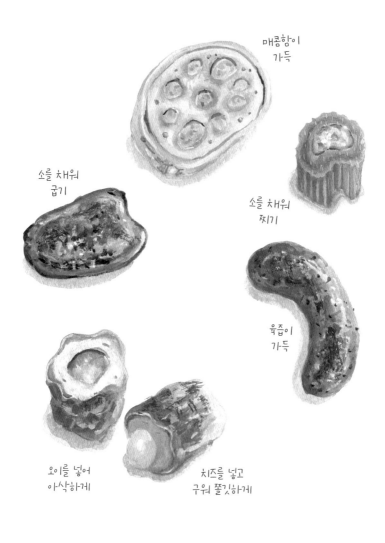

매콤함이
가득

소를 채워
굽기

소를 채워
찌기

육즙이
가득

오이를 넣어
아삭하게

치즈를 넣고
구워 쫄깃하게

아스파라거스

백화점 대형 식당 한복판에서
하얀 무언가를 뿜어내다

예전에 두 명의 게스트가 마주 앉아 음식을 먹으며 상대방이 싫어하는 음식을 맞히는 예능 프로그램이 있었다. 나는 결국 그 프로그램이 끝날 때까지 한 번도 출연하지 못했지만, 설령 작품의 홍보를 위해 그 프로그램에 나갔다고 하더라도 아마 내가 어떤 음식을 싫어하는지 쉽게 들키고 말았을 것이다.

아니, 그 음식을 입에 넣는 순간 참지 못하고 뱉어 내는 추태를 부려 녹화한 장면을 방송으로 내보내지도 못했을 것이다. 사실 10년 넘게 출연해 온 드라마 〈고독한 미식가〉에서도 나는 딱히 가리는 음식이 없는 인물로 나오기에 만약 그 식재료가 등장한다면 그날로 드라마가 종영하리라 생각했다. 그 식재료는 나에게 거의 트라우마에 가까웠다.

어릴 적 어머니와 함께 번화가에 자리한 어느 백화점에 간 날이었다. 목적지인 백화점보다도, 가는 길에 전차를 탄다는 사실에 더 신이 났던 내게 어머니의 쇼핑 시간은 길고 지루하기만 했다. 엄청난 인파에 휩싸여 잔뜩 흥분했던 나는 양손에 쇼핑백을 든 채 만족스러운 표정을 짓는 어머니의 손에 이끌려 6층의 대형 식당으로 갔다.

우리는 입구에 서 있던 직원에게서 샌드위치 식권을 사서 안으로 들어갔다. 그 당시 백화점은 어느 곳이나 맨 꼭대기 층에 이런 식당이 있어서 일식, 양식, 중식 할 것 없이 무엇이든 주문할 수 있었다. 한 층 전체가 벽 하나 없이 뻥 뚫린 공간에 수많은 테이블이 늘어선 모습이 그야말로 압권이었다.

자리에 앉자 곧바로 종업원이 다가와 물을 내려놓으며 식권 절반을 떼어 갔다. 그러고는 잠시 후, 접시에 보기 좋게 담긴 샌드위치를 가져왔다. 샌드위치에 곁들인 파슬리와 감자칩에서 도시적인 분위기가 느껴졌다. 나는 손으로 집어 먹어도 된다는 어머니의 말을 듣고 설레는 마음으로 샌드위치를 한입 베어 물었다.

그러나 그 순간, 콧속 가득 퍼진 냄새와 정체 모를 맛에 정신이 혼미해졌다. 나는 결국 "웩" 소리와 함께 입에 든 것을 토해 내고 말았다. 말 그대로 속을 전부 게워 냈다. 하필 내가 앉은 자리는 대형 식당의 한복판이었다. 주변 손님들이 일제히 나를 쳐다봤다. 입안에서 나온 하얀 막대처럼 생긴 무언가를 원망스럽게 바라보던 내게 어머니가 말했다. "어머, 아스파라거스가 들었구나." 그날 이후로 나는 통조림에 든 흰색 아스파라거스는 두 번 다시 입에 대지 않았다.

초여름이 되자 이 책의 일러스트레이터인 아베 미치코 씨가 아사히카와 지역에서 재배된 아스파라거스를 보내 주셨다. '녹색' 아스파라거스는 물론 좋았지만, 나머지 절반은 '흰색' 아스파라거스였다. 처음에는 당연히 먹기를 주저했다. 잘 먹었다고 거짓으로 감사 인사를 드릴 생각까지 했다. 그런 내게 아내가 속는 셈 치고 한번 먹어 보라고 협박했다. 역시나 아내 말이 맞았는지 실제로 먹어 본 '흰색' 아스파라거스는 '녹색' 아스파라거스와는 또 다른 풍미가 느껴져 정말 맛있었다. 이로써 트라우마에서 벗어났다고 말하고 싶지만, 통조림에 든 흰색 아스파라거스는 언제쯤 먹어 볼 용기가 날지 잘 모르겠다.

쌉싸름한 맛이
일품이다

약불에 천천히 구워
소금, 후추, 올리브유로 마무리

죽순

이삭 부분이 좋은지 뿌리 부분이 좋은지는 사람마다 다르겠지만,
이쑤시개가 없는 가게에서는 주의해야 한다

2023년 1월부터 12월까지 방영된 NHK 방송국의 대하드라마 〈어떡할래 이에야스〉에도 식사하는 장면이 나온다. 제아무리 살벌한 전국 시대라 해도 다 함께 둘러앉아 저녁밥을 먹는 동안에는 잠시나마 마음이 편안해지는 법이다. 연기자들도 내심 그 시간을 고대한다. 참고로 전날 촬영 장면에 등장한 밥상에는 잡곡밥과 토란 간장조림, 나마스회와 채소를 얇게 채 썰어 버무린 초무침 요리, 죽순조림이 올라왔다. 언뜻 보면 마치 유기농 레스토랑의 런치 메뉴 같다.

그런가 하면 나마스에 당근이 들어가지 않은 이유는 그 당

시 일본에 당근이 아직 들어오지 않았기 때문이라고 한다. 앞으로도 브로콜리나 새송이버섯 같은 식재료가 난세의 전국시대 식탁에 오를 일은 없을 것이다. 오직 밥상에 올라온 죽순만이 봄이 왔음을 알렸다.

한데 바로 이 죽순이라는 재료는 오래전부터 먹어 왔다고는 하지만, 채소도 과일도 아닌 것이 굳이 따지자면 나무에 가깝다. 그런 죽순을 처음 먹어 볼 생각을 한 선조에게 경의를 표하고 싶다. 죽순은 단단한 데다 독특한 아린 맛을 낸다. 그러니 먹지 못할 식물이라 판단하는 게 마땅하다.

그렇지만 어떻게든 먹을 방법이 없을까, 흙 밖으로 얼굴을 내밀기 직전에 캐면 연하지 않을까, 많은 사람이 그런 고민을 거듭한 끝에 마침내 쌀겨를 푼 물에 데쳐 떫은맛을 제거하는 방법까지 알아내고야 말았다. 그렇게 되기까지 몇백 년이 걸렸을까. 그 덕분에 우리는 요즘 같은 봄철에 죽순의 향과 식감을 즐길 수 있다.

도쿄의 시모키타자와 역과 세타가야구다이타 역의 중간쯤에 젊은이들이 많이 모여드는 '보너스트랙'이라는 거리가 있다. 다양한 가게가 즐비한 상점가로, 내가 예전에 책을 출간했을 때 그곳에 위치한 서점에서 이벤트를 개최한 적이 있다. 원래 그곳은 대형 멘마[1] 공장이 자리해 주변 일대에 야릇한 향을 풍기던 지역이었다. 멘마 냄새는 꽤 중독적이라 한 번 맡으면 저절로 중식이 당겼다. 그 당시 생활비를 벌기 위해 라멘 가게에서 아르바이트를 했던 나조차도 거부할 수 없을 정도였다.

지금도 가끔 내 몸이 멘마를 원할 때가 있다. 그럴 때는 차를 몰고 마루노우치 빌딩으로 향한다. 그곳 6층에는 '아카노렌赤のれん'이라는 라멘집이 있는데, 사실 이곳은 오랜 역사를 지닌 가게다. 내가 초등학생이었을 무렵부터 고향 후쿠오카에서 알았던 하코자키 지역의 '아카노렌'이라는 오래된 라멘 가게의 분점이다. 요즘 유행하는 꼬들꼬들한 면이 아니라, 조금 넓적하고 가느다란 면을 푹 익혀서 내는데, 이것이 가늘게 썬 멘마와 참 잘 어울린다. 멘마를 면으로 감싸 돈코츠돼지뼈 육수와 함께 홀짝이면… 아, 정말 끝내준다. 죽순을 먹기 위해 온갖 궁리를 다한 선조들이 저절로 떠오르는 맛이다.

---

1 중국산 마죽의 죽순을 데쳐서 발효시킨 후 건조하거나 염장한 식품으로, 일본식 라멘의 고명으로도 쓰인다.

멘마의 종류

호소멘

가늘고 연하며
간이 되어 있지 않아
라멘의 조연 역할을 하는 멘마

고리멘

두툼하고 간이 살짝 되어 있어
씹는 맛이 있는 멘마

그러고 보니 예전에는 멘마가
나무젓가락으로 만들어졌다는
헛소문도 있었다

후쓰멘

간이 잘 배어 있어
그대로 먹어도 맛있는 멘마

꺄라부키
머윗대 간장조림

잘게 썬 생강에 깨소금, 당근, 초피나무 열매, 표고버섯,
우엉, 연근, 머위… 이게 어린이용 도시락이라니!

촬영이 늦은 밤까지 이어지면 당연히 사기가 떨어지기 마련
이다. 근로 방식을 개선하려는 움직임이 아직 영상 업계에까
지는 미치지 못한 탓에 배우와 스태프의 노동 시간은 예나 지
금이나 여전하다. 지친 분위기가 감도는 순간, 제작 스태프들
이 큰 상자를 들고 온다. 그러면 모든 이들의 이목이 단숨에
그쪽으로 쏠린다. 그 상자에 야식이 담겨 있기 때문이다.

그렇다고 딱히 휴식 시간이 주어지지도 않는다. 배가 고파
지면 세트장 한쪽 구석에 앉아 허겁지겁 먹거나 촬영이 끝날
때까지 허기를 참다가 집에 돌아가는 택시 안에서 먹기도 한

다. 메뉴는 가장 대표적인 돈가스 샌드위치부터 김초밥이나 유부초밥, 혹은 조금 호사스러운 게살덮밥까지 다양하다. 요즘은 일본의 김초밥과 비슷한 한국의 '김밥'도 자주 보인다.

하지만 내가 가장 좋아하는 메뉴는 '텐무스'다. 작은 주먹밥에 새우튀김이 머리부터 박힌 나고야의 명물 음식이다. 사실 이제는 늦은 밤에 새우튀김이 잘 들어갈 나이가 아니다. 텐무스보다 함께 곁들여 나오는 '갸라부키'가 먹고 싶은 마음이 크다. 오늘날의 도쿄인 '에도'에서 생겨난 음식인 '츠쿠다니작은 생선·조개·해조류 등을 간장·미림 등에 조린 식품'도 요즘은 전국 어디서나 먹을 수 있는데, 어째서 이 머윗대 간장조림만은 텐무스에 곁들여 나올 때를 제외하고는 도통 눈에 띄지 않는 것일까. 이렇게나 맛있는데.

어린 시절에 먹던 파운드케이크는 요즘처럼 말린 과일이 들어 있지 않았다. 그 대신 체리 당절임이나 '안젤리카초록색을 띠는 독특한 식감의 케이크 장식'가 곳곳에 박혀 있었다. 어린이들에게 인기를 끌려면 무조건 케이크를 알록달록하게 꾸며야 한다는 생각이 엿보였다. 어째서인지 나는 그 초록색 안젤리카가 그리도 좋았다. 안젤리카만 쏙쏙 골라먹기도 했다. 나중에 어른이 되면 이 초록색 부분만 잔뜩 사 먹으리라 다짐했다. 그런데 안젤리카가 사실은 설탕에 절인 머윗대라는 사실을 알고 나서 어이가 없었다.[1] 내게 머위란 화려한 파티시에의 세계와는 거리가 먼, 그저 할머니가 만들어 주는 조림 요리에나 어울릴 법한 재료였다.

게다가 무엇보다도 머위는 주변에 흔히 자라는 풀이었다. 제철이 되면 강가 제방 주변에 자라난 머위를 하굣길에 꺾어 집으로 가져가고는 했다. 일부러 풀숲 깊숙한 곳까지 들어가서 개가 지나가며 오줌을 싸지 않았을 만한 머윗대를 골라 꺾었다. 그렇게 꺾어 간 머윗대는 어머니께서 소금으로 벅벅 문질러 떫은맛을 뺐다. 내가 직접 꺾어 와서 그런지 머윗대가 맛있게 느껴졌지만, 어린아이들의 입맛에는 과연 어떨지 모르겠다. 하지만 동요 〈도시락통 노래〉[2]에서도 마지막에 등장하는 재료가 '길쭉한 머위'이지 않나.

---

1 원래 서양에서는 허브인 안젤리카의 줄기를 데친 후 겉껍질을 벗겨 설탕에 절인 당절임을 케이크 장식에 사용하는데, 일본에서는 머윗대를 설탕에 절여 만든 모방품도 '안젤리카'라고 부른다.

2 동요 〈도시락통 노래〉는 '요만한 도시락통에/주먹밥, 주먹밥 살포시 담고/잘게 썬 생강에 깨소금을 뿌리고/당근, 초피나무 열매, 표고버섯, 우엉/구멍 뚫린 연근/길쭉한 머위'라는 가사로 이루어져 있다.

앗, 뜨거워!

국물을 쭉쭉
빨아 먹는다

이 나이에 점잖지 못한 행동이라는 걸 알지만,
나도 모르게 빨아 먹고 만다

소송채

먹다 남은 난칸아게[1]가 있다면
오늘 밤에는 이걸로 니비타시[2]를 만들기로 결정!

과년한 딸을 둔 아버지. 요즘 그런 역할을 맡는 일이 잦다. '아들과 갈등하는 아버지'가 아닌 '혼기가 찬 딸을 둔 아버지' 역할. 내가 딸을 둔 아버지 역할을 훨씬 더 많이 맡는 이유는 외모에서 풍기는 이미지 때문일까. 1년에 두 번은 웨딩드레스를 입은 딸과 함께 결혼식장을 걷는 것 같다. 딸이 아버지에게 감사 편지를 낭독하는 장면이 등장하고, 가끔 대본에 '눈

---

1 구마모토 특산품인 튀긴 두부로, 조림 요리에 잘 어울린다.
2 채소나 건어물, 구운 민물고기 등을 초간장에 뭉근하게 조린 요리

물을 훔치는 아버지'라는 설명이 달릴 때도 있다.

솔직히 내 생각은 그렇게 행복한 순간에 굳이 울 필요가 있을까 싶기는 하다. 실제로 나도 시집을 보낸 딸이 있다. 하지만 딸을 시집보내던 날, 마음이 놓이고 다행이라는 생각이 들었지, 딱히 적적하다거나 허전한 마음이 들지는 않았다. 남들이 보기에는 냉정한 아버지처럼 느껴질지 모르지만, 나도 나름 딸에 대한 애정이 있다. 다만 신부의 아버지를 너무 전형적으로 그린 대본을 보면 현기증이 날 뿐이다.

말은 이렇게 해도 막상 한 번이라도 나와 부녀 사이를 연기한 배우를 다른 작품에서 다시 만나면 아버지의 시선에서 바라보게 된다. 위험한 장면을 촬영할 때면 내 가슴이 다 조마조마해지고, 궂은 역할을 할 때는 차마 그 모습을 똑바로 바라보지 못한다. 정이 든 탓이라고밖에 이해가 되지 않는다.

광고와 영화에서 나와 두 차례나 부녀 사이를 연기한 배우가 있다. 바로 고마쓰 나나 씨다. 촬영 현장에서 그리 많은 대화를 나누지는 않았지만, 나는 그녀의 연기를 좋아한다. 〈남은 인생 10년〉이라는 영화에서 함께 연기한 적이 있는데, 그녀의 연기가 내 마음을 사로잡았다. 그녀는 실제로도 시집을 갔는데, 어쩐지 아버지의 마음으로 지켜보게 된다.

얼마 전에는 버라이어티 프로그램을 촬영하러 에도가와 구에 갔다. 식재료를 직접 수확하고 조리해 건배하며 맛있게 먹는 프로그램이라 딱히 머리를 쓰지 않고 즐기기만 하면 되었다. 그날 주제로 선정된 식재료는 '소송채'였다. 그런데 소송채의 발상지가 도쿄일 거라고는 전혀 생각하지 못했다. 그러고 보니 도쿄에 상경하기 전까지는 푸른 잎채소라고 하면 시금치가 압도적이었고, 고향 후쿠오카에서 시금치의 대항마라고 해 봤자 갓이나 가쓰오나[갓과 비슷하나 매운맛이 더 적고 감칠맛이 강함] 정도밖에 없었다. 그러나 요즘 슈퍼마켓에 가면 소송채가 더 많이 보인다.

에도가와 구 고마쓰가와에 자리한 비닐하우스에는 푸릇푸릇한 소송채가 빼곡하게 자라 있었다. 뿌리 부분을 잡고 비틀어 따니 손끝에 닿은 줄기 부분이 싱싱했다. 그 가늘고 여린 모습에 나도 모르게 "고마쓰 나나 씨, 참 귀엽지요?"라고 가벼운 농담을 던졌다.[소송채의 일본어 발음 '고마쓰나'와 배우 '고마쓰 나나'의 이름을 이용한 말장난] 진행을 맡은 개그맨은 딱히 반응하지 않고 넘어갔지만.

그날 만든 '소송채 만두'는 정말 맛있었다. 줄기 부분은 양배추, 잎 부분은 부추와 비슷한 맛이 나서 소송채 하나만으로도 맛을 내기 충분했다. 여러분도 꼭 한번 만들어 보시길.

언제 먹어도 맛있는
우리 집 단골 나베

삼겹살,
난칸아게,
소송채 잎

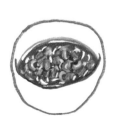

소송채의 줄기 부분은 잘게 다져서
폰즈 소스에 넣는다

닭 껍질 폰즈

내장이나 닭 껍질은 지방이 아니고
콜라겐이라 우기며 죄책감을 줄이다

깊은 감동에 휩싸인 주인공의 동그란 눈에서 눈물이 주르륵 흘러내린다. 그 모습을 본 관객들의 눈에도 자연스레 눈물이 고인다. 공연장에서는 이런 광경을 종종 볼 수 있다. 아마 그 순간 크게 감격한 주인공의 가녀린 팔에는 '닭살'이 돋았을 것이다. 그건 관객도 마찬가지리라. 덩달아 우는 게 아니라, 덩달아 닭살이 돋는다고 해야 할까. 간사이 지방이라면 덩달아 소름이 돋았다고 했으려나. 간사이 지방에서는 '닭살'이라는 표준어 '도리하다(鳥肌)' 대신 '소름'이라는 뜻의 '자부이보(ざぶいぼ)'라는 표현을 쓴 잘은 모르겠지만.

사람은 깊이 감동하거나 극심한 공포에 휩싸일 때, 피부에 닭살이 돋는다. 물론 날이 추울 때도 그렇다. 혹은 무서운 이야기를 들을 때처럼 긴장감에 휩싸일 때 "으아, 나 지금 닭살 돋았어!"라며 주위 사람에게 자신의 팔을 보이기도 한다. 그러면 상대방도 "나도!"라고 대답하기도 한다. 이처럼 닭살이 돋는 현상은 감동이나 공포를 공유하는 도구로 작용한다고 해도 과언이 아니다.

그러고 보니 최근에 딱히 감동한 적이 없다. 공포조차도 이제는 익숙해진 것인지 닭살이 돋을 만한 일은 없었다. 그런 생각을 하며 내 팔을 내려다보았다. 이제는 털이 쭈뼛 설 만큼 피부에 탄력이 있지도 않고, "이것 봐, 나 닭살 돋았어!"라며 남에게 내보일 만한 팔도 아니게 되었다.

그런 생각을 하다 보니 갑자기 '닭 껍질'이 먹고 싶어졌다. 꼬치구이 가게에 가서 따끈따끈한 닭 껍질 꼬치를 한입 가득 베어 물어도 좋지만, 초여름에 집에서 해 먹기 좋은 요리를 하나 소개하려 한다. 바로 '닭 껍질 폰즈'다. 내가 나고 자란 후쿠오카에서는 슈퍼마켓의 반찬 코너마다 '스모쓰'라는 이름으로 진열되는 대표적인 반찬이다. 하지만 도쿄에서는 술집 안주로밖에 구경할 수 없어 예전부터 직접 만들어 먹어야 했다.

닭 껍질 폰즈^{스모쓰}를 만들기 위해 먼저, 재료인 닭 껍질을 슈퍼마켓에서 산다. 이때 주의해야 할 점이 있다. 바로 고급 슈퍼마켓에 가야 한다는 것이다. 고급 슈퍼마켓에 가는 사람들은 지방이 많은 닭 껍질을 꺼리는 경향이 있어서 그런지, 유명 브랜드의 닭 껍질이 늘 넉넉히 남아 있다. 심지어 가격도 싸다. 반면 저렴한 슈퍼마켓은 닭 껍질을 노리는 고객이 많아 경쟁이 치열하고, 워낙 인기가 많아 가격도 비싼 편이다. 물론 비싸도 100그램당 100엔 정도이니 걱정하지 마시길.

닭 껍질을 구입했다면 400그램 정도를 끓는 물에 데쳐 기름기를 뺀 다음, 찬물에 헹군다. 다 헹군 닭 껍질을 가늘게 썬 다음, 여기에 대파 한 줄기를 썰어 넣고, 식초·간장·참기름과 함께 잘 섞는다. 고추기름인 이시가키 섬 라유[1]와 감귤류의 과즙까지 넣으면 더 좋다. 이렇게 만든 것을 냉장고에 몇 시간 정도 재우면 닭살이 돋을 만큼 맛있는 닭 껍질 폰즈 완성!

[1] 이시가키 섬의 특산품으로, 고추·강황·흑설탕 등 다양한 재료가 들어간다.

물컹거리지 않고
바삭해야 맛있다

양파에 닭 껍질의 고소한 맛이
배어들어 맛있다

김에 싼 낫토

기분이 언짢을 때면
한국산 김을 우적우적 먹고 만다

일본 혼슈 중앙부에 위치한 시즈오카 지방에 다녀오다 들른 휴게소에서 우연히 발견한 김이 있었다. 소금만 뿌린 단순한 조미김이었는데도 진한 감칠맛이 났다. 딱히 무언가를 더 첨가하지 않았는데 희한하게 맛이 깊었다. 시즈오카 현 이타 지역의 '센넨이타시오「年月田塩」'라는 소금이 들어간 제품으로, 같은 소금을 사용해 만든 고구마스틱과 바나나칩도 맛있었다. 단맛과 짠맛이 그야말로 절묘한 조화를 이룬다. 요즘 아침마다 이 조미김에 낫토를 싸 먹는 버릇이 생겼다. 낫토에 간장소스를 따로 뿌리지 않아도 김의 감칠맛과 짭짤한 맛에 목구멍으로 술술 넘어간다. 그런데 이 제품이 온라인으로는 도통 구하기가 어렵다. 그렇다고 딱히 볼일도 없는데 시즈오카까지 차를 몰고 갈 수도 없는 노릇이니 번거로워서 이제는 포기하고 말았다.

그래도 여전히 낫토는 매일 아침 먹는다. 낫토를 조미김에 싸서 먹는 감동을 반쯤 포기했을 무렵, 고급스러운 김 세트를 선물로 받았다. 포장지 안에서 큼지막한 김 한 장을 꺼내 보았다. 아, 그렇지. 한동안 잊었던 의식(儀式)이 선명히 되살아났다. 이건 가스 불에 구워 먹어야 하는 김이다. 불에서 조금 떨어진 곳에서 양면을 살살 뒤집어 가면서 굽는 것이다.

굽는 얘기가 나와서 말인데, 예전에는 종이에 과일즙으로 그림을 그린 후 불에 가져다 대면 그림이 나타나는 '아부리다시' 같은 걸 했지. 정말 오랜만에 떠올랐네. 오, 식탁 위에 향긋한 바다 내음이 퍼지는걸. 구운 김을 가위로 잘라 낫토를 싸 보았다. 소금을 뿌린 조미김과는 또 다른 감동이 밀려온다. 맛보다 향이 낫토를 감싼다. 역시 김은 맛있구나.

언제까지 김을 이렇게 구워 먹을 수 있을까. 좀 더 나이가 들어 가스레인지를 안전한 인덕션으로 바꿔 버리고 나면 이제 이런 감동도 맛보지 못할 것이다. 노후에는 '아부리다시'를 하며 놀고 싶어도 그럴 수가 없다. 게다가 이런 큼지막한 선물용 김은 평소에 먹을 만한 가격이 아니다.

그럼 뭐 작게 썰려 나오는 김이라도 먹자는 생각에 슈퍼마켓에 가서 원통형 용기에 담긴 김을 사 봤다. 영 아니었다. 맛도 맛이지만, 썰린 김의 폭이 은근히 좁았다. 낫토를 올리니 후드득 떨어지고 말았다. 아니, 나 같은 늙은이에게 너무 야박한 처사 아닌가.

나중에 알고 보니 김 한 장을 열 조각으로 썰었는지, 여덟 조각으로 썰었는지 제품에 표시되어 있었는데, 내가 무턱대고 열 조각으로 썰린 제품을 집어 든 모양이었다. 나 같은 늙은이를 골탕 먹일 생각은 아니었나 보다. 그렇긴 해도 우리 집의 김 문제는 여전히 해결되지 않고 있다.

김 이야기가 나온 김에 말하자면 나는 평소에는 바삭바삭한 김을 좋아하지만, 주먹밥에 들어가는 김만큼은 예외다. 주먹밥을 쥐었을 때, 밥에 착 달라붙는 촉촉한 김을 좋아한다.

아버지께서는
투박한 손으로
마른 김을
구우시고는 했다

그러면 나는
김의 색이 변하는 모습을
지켜보고는 했다

차가운 버터를
싸 먹거나

포션 치즈를 싸 먹기도 한다

미역

된장국 속 미역을 잃고 난 후에 비로소
미역의 위대함과 나의 오만함을 깨닫다

심야 시간대에 아저씨가 혼자 밥을 먹기만 하는 드라마를
처음 맡게 되었을 때, 나는 무엇을 벤치마킹해야 할지 고민했
다. 기존의 드라마를 참고하려고 해도 좋은 아이디어가 떠오
르지 않았다. 그때 내 머릿속에 떠오른 것이 바로 BS-TBS 방
송국의 〈요시다 루이의 술집방랑기〉였다.

주점 시인이라 불리는 방송인 겸 작가 요시다 루이 씨가 그
저 술집을 찾아다니며 술을 마시는 프로그램이지만, 20년간
꾸준히 사랑받고 있다. 루이 씨가 그만큼 붙임성이 좋기 때문
일 것이다. 처음 방문하는 가게에서도 루이 씨는 가게 주인이

나 단골손님들과 절묘한 거리를 유지하며 술잔을 부딪치고 때로는 취해서 발을 비틀거리면서도 마지막에는 근사한 말 한마디로 마무리하며 가게를 나선다. 나도 이 유명한 프로그램을 목표로 12년간 노력했지만, 아직 발끝에도 미치지 못한다.

잡지 《크루아상》에 음식과 관련된 에세이를 연재해 달라는 의뢰를 처음 받았을 때도 무엇을 목표로 글을 써야 할지 고민했다. 그때 곧바로 떠올린 것이 바로 만화가이자 에세이 작가인 쇼지 사다오 씨의 연재물 〈그것도 먹고 싶고 이것도 먹고 싶어〉였다.

《주간 아사히》에 2023년까지 무려 36년간 실린 전설적인 에세이다. 갖가지 음식을 바라보는 쇼지 씨만의 절묘하면서도 냉소적인 관점에 매번 감탄하고는 했다. 이 에세이를 읽고 싶어서 매주 역 가판대를 찾아 《주간 아사히》를 샀던 때가 있었을 정도다. 하지만 《주간 아사히》가 2023년 5월 말에 휴간을 하면서 〈먹는 노트〉도 벤치마킹할 대상을 잃고 말았다.

그러던 중 《주간 아사히》의 또 다른 인기 코너였던 〈캐리커처 학원〉유명 인사들의 캐리커처를 독자들이 투고하는 코너은 《선데이 마이니치》로 넘어가 계속 연재를 하게 되었다고 들었다. 그러다 어느 날, 별생각 없이 《아사히 신문》의 토요 별쇄 《be》를 보다 깜짝 놀랐다. 〈그것도 먹고 싶고 이것도 먹고 싶어〉가 제목 앞에 '아직 끝나지 않은'을 붙여 연재를 재개한 것이다! 생각지도 못한 전설적인 에세이의 부활에 나도 모르게 덩실거리고 말았다.

그렇게 다시 연재된 에세이의 네 번째 글 제목이 '미역의 위상'이었다. 제목만 봐도 벌써 웃음이 나왔지만, 옆에 그려진 삽화를 본 순간 나는 할 말을 잃고 말았다. '고로는 무시해!'라는 문장과 함께 내가 젓가락으로 미역을 집어 든 모습이 그려져 있는 것이 아닌가!

그림 속에는 식당에 간 〈고독한 미식가〉의 이노가시라 고로가 된장국에 들어 있던 미역을 젓가락으로 집고 있었다. 쇼지 씨께서는 내가 드라마에서 미역을 힐끔 쳐다보고는 이내 아무 말 없이 먹기만 하는 장면을 보셨는지, 그 말 많은 고로가 미역을 무시했다, 본척만척했다고 꼬집으셨다.

죄송합니다. 쇼지 씨 말씀이 맞습니다. 된장국에 든 미역을 보고 별다른 감정을 느끼지 못했어요. 다음에는 미역을 주인공으로 한 편을 기획하겠습니다. 미역 초무침, 아니 와카타케니^{죽순 미역 조림}, 음… 이건 너무 평범한가. 미역 샐러드에 미역 된장국까지 곁들여… 아니, 그리고 보니 이게 현재 '미역의 위상'인 걸까.

미역 굴 버터 볶음

흐물흐물해진 미역이 국물을
빨아들여 정말 맛있다

이타와사[1]

와인과 소바의 깊은 맛은 몰라도
먹다 보니 묘하게 빠져든 음식

이탈리아에 2주 정도 머무르며 와인 관련 드라마를 찍은 적이 있다. 피렌체, 밀라노, 베네치아와 북부 지역을 옮겨 다니는 사이에 함께 출연한 배우들과 스태프들은 자연스레 와인에 관한 식견을 기르게 되었다. 그들은 좋은 와인과 저렴한 와인을 향으로 구분할 수 있게 되었다고 했다. 나는 그런 그들을 짐짓 모른 척하며 홀로 초조해 했다. 둘의 차이점을 도무지 알 수 없었기 때문이다.

---

1 순생선살로 만드는 일본식 고급 오뎅인 '가마보코'를 얇게 썬 다음, 와사비와 간장
   을 곁들인 음식

촬영을 마치던 날, 드라마의 감수를 맡은 소믈리에가 뒤풀이 자리에서 그 호텔에 있던 최상급의 와인을 땄다. 최상급 와인과 하우스 와인을 맛으로 알아맞히는 퀴즈를 통해 지난 2주간의 성과를 확인해 보자는 것이었다. 다른 배우들이나 감독님들이 차례차례 정답을 맞혔다. 다들 "이렇게나 차이가 뚜렷할 줄 몰랐어요"라고 입을 모아 말했다.

아, 드디어 내 차례가 오고야 말았다. 나는 두 와인을 모두 맛봤다. 하지만 어느 쪽이 최상급 와인인지 도무지 짐작이 가지 않았다. 둘 다 시큼하고 쌉싸름한 맛이 났다. 음, 둘 다 딱히 맛있지는 않았다. 적당히 오른쪽 잔을 가리켰다. 역시 오답이었다. 어이없어 하는 소믈리에와 어색해진 분위기. 나는 그날 밤 이후로 두 번 다시 와인은 입에도 대지 않겠다고 결심했다.

와인이 입에 맞지 않는다면 니혼슈^{'사케'라고 부르는 일본식 청주}는 어떨까. 음, 니혼슈라면 단맛과 매운맛 정도는 구분할 줄 안다. 술을 제법 즐기는 사람은 나이가 든 후 소바 가게에 홀로 앉아 술잔을 기울이기도 한다. 나는 쉰 살이 넘어 처음으로 소바 가게에서 술을 마셨다. 소바를 기다리는 사이에 먼저 이타와사를 먹는다. 이타와사는 어떤 소바 가게를 가든 있는 대표 메뉴다. 순생선살로 만든 오뎅인 가마보코에 와사비를 곁들여

믹는 섯뿐인데도 술이 술술 들어간다. '소바 가게를 다니는 인상 좋은 할아버지'라… 나쁘지 않을 듯하다.

하지만 여기에도 걸리는 부분이 하나 있다. 바로 내가 소바의 맛을 잘 모른다는 점이다. 면을 장국에 살짝만 담가야 한다든가, 향이 어떻고 식감이 어떻고 하는 것들 말이다. 대체 무슨 소리를 하는 건지 전혀 모르겠다.

나는 취기가 슬슬 돌기 시작하면 술자리에서 마지막에 먹는 라멘처럼 그저 아무 생각 없이 소바를 흡입한다. 메밀가루와 밀가루를 8:2로 섞은 면이든, 100% 메밀가루 면이든, 나는 그저 장국에 전신욕이라도 하듯 면을 푹 담가 먹으니 눈 감고 먹으면 메밀면이 아닌 소면이라 해도 어쩌면 눈치채지 못할 수도 있다.

오십 대 중반에 금주를 선택한 나는 앞으로도 와인을 마실 일이 없을 것이다. 게다가 나는 우동을 즐겨 먹는 지역에서 자란 사람이라 소바 가게와도 멀어졌다. 그러나 이타와사에는 푹 빠져서 이제는 냉장고에 가마보코를 늘 쟁여 둔다.

그런 가마보코 마니아에게 성지와도 같은 곳이 도쿄의 남서쪽에 위치한 가나가와 현 오다와라 시에 있다. '스즈히로 가마보코노사토'[2]라는 신기한 테마파크다. 가마보코를 좀 아는 사

람이라면 가나가와 현 서부에 위치한 '하코네'나 가나가와 현
과 인접해 있는 '아타미'에 다녀오는 길에 이곳에 들러 가마보
코와 와사비절임을 사서 그날 저녁을 간편히 해결하는 것도
좋은 방법이다.

2 가마보코 제조 과정을 체험하고 다양한 해산물 가공품을 즐길 수 있는 테마파크

たべるノヲト。

오다와라의 고급 가마보코도

와사비와
올리브유를
찍어 드세요

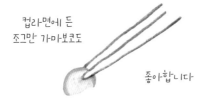

컵라면에 든
조그만 가마보코도

좋아합니다

이부리갓코[1]

큰 소리로 부르고 싶다
'아키타 메이부쓰 하치모리 하타하타 오가데 오가 부리코.'[2]

    꽤 오래전에 아키타 주몬지 영화제에 초청받은 적이 있다. 도쿄에서 신칸센을 타도 모리오카부터는 속도가 뚝 떨어지는 데다 겨울철이라 차창 밖 풍경도 온통 하얗기만 했다.[3] 요코테 역에 도착해 영화제 장소로 이동한 후 늦은 밤 술자리에

---

1 훈제한 무를 쌀겨에 절인 아키타 현의 특산품

2 아키타 현의 민요 〈아키타온도秋田音頭〉의 가사 중 일부로, '아키타 명물 하치모리 도루묵 오가에는 오가 도루묵알'이라는 뜻이다. '하치모리'는 아키타 북부의 해안 지역, '오가'는 아키타 서부의 반도 지역을 가리킨다.

3 도쿄-모리오카 구간은 최고 시속이 320킬로미터지만, 모리오카-아키타 구간은 재래선을 이용하므로 최고 시속이 130킬로미터에 불과하다.

참석했다가 다음 날 돌아갈 때까지 내가 본 거리의 풍경은 하나도 기억이 나지 않는다.

하지만 요코테 시의 명물인 '요코테 야키소바'를 먹기는 했다. 야키소바 위에 달걀프라이가 올라가 맛있었던 기억이다. 기왕 온 김에 눈이 많이 내리는 이 지역에서만 맛볼 수 있는 음식을 먹어 보자고 졸랐다. 그렇게 안내받아 간 곳은 사냥꾼이 운영하는 식당이었다. 그는 오늘 갓 잡은 토끼를 맛보게 해 주겠다며 육회를 내왔다. 하필 토끼띠인 나는 도저히 그것만큼은 먹을 수가 없어 허둥지둥 도망치듯 돌아왔다.

그 후로 오랜만에 영화제에 갔던 아키타로 향하는 길. 이번에는 여름철을 맞아 비행기를 타고 갔다. 하네다 공항을 출발한 지 고작 1시간 만에 도착해 어쩐지 김이 샜다. 이번에 향한 목적지는 아키타 남부에 위치한 유자와 시였다. 점심으로는 라멘을 먹었다. 점심시간에는 거리를 오가는 사람이 적었지만, 가게 안은 사람들로 북적였다. 낮에는 라면을 팔지만 밤에는 비스트로 레스토랑보다 규모가 작고, 캐주얼한 식사를 즐길 수 있는 식당로 변신하는 조금 특이한 가게였는데, 한정 수량 메뉴인 해물 라멘을 추천받았다. 해산물로 우려낸 진한 육수의 풍미가 그대로 느껴져 고기 육수와는 또 다르게 맛있었다.

일을 마치고 숙소가 있는 요코테 역으로 왔다. 두 번째 방문이었지만, 겨울과 여름은 완전히 다른 세상이었다. 현지 주민들에게 먹을 만한 곳을 몇 번이나 물어봤지만, 다들 하나같이 요코테 야키소바 가게를 추천했다. 하지만 저녁 식사를 야키소바로 때우기에는 아무래도 아쉬웠다. 어디 갈 만한 곳이 없을지 역 주변을 돌아봤지만, 혹시라도 그 사냥꾼 사장님이 운영하는 가게에 잘못 들어가기라도 하면 어쩌나 싶어 겁이 났다.

한참을 걷다 보니 분위기 있는 레스토랑이 보였다. 간판에는 '오이스터 바'라고 쓰여 있었다. 도쿄였다면 차마 들어가지 못했겠지만, 점심시간에 먹은 해물 라멘의 맛이 생각나 갑자기 흥미가 생겨 들어가 보기로 했다.

메뉴판에는 1,000엔, 2,000엔, 3,000엔 코스 메뉴가 있었다. 주저하지 않고 가장 비싼 3,000엔 코스를 주문했다. 다음 날에도 일이 잡혀 있어 생굴을 굴찜으로 바꿔 달라고 했지만, 추가로 굴 튀김을 더 주문할 만큼 맛있었다. 3,000엔으로 해산물을 이렇게 실컷 맛보다니. 아니, 그런데 유자와나 요코테 시 모두 꽤 내륙 지역이지 않나. 해안가 마을도 아닌데, 해산물이 이렇게 맛있다니. 뭐, 상관없나?

돌아오는 길에 공항에서 '이부리갓코'를 샀다. 소리 내어 말해 보고 싶은 단어 순위에서 상위를 차지하는 이 무절임. 이 단어를 들으면 포르투갈어로 고맙다는 뜻인 '오브리가도 Obrigado'를 웅얼거리고 싶어진다.

이부리갓코를 치즈와 섞어 감자샐러드에 넣으면 오호, 신기하게도 양식인 감자샐러드가 '아키타의 연기'에 그을려 국적 불명의 맛있는 요리로 변신한다. 이 또한 '아키타의 마법' 때문일까.

たべるノヲト。

언제부턴가
이부리갓코와
크림치즈의 조합이
그리 낯설지
않게 되었다

김도 잘 어울린다

2장

고기와 생선

야키부타[1]

야키부타와 고기를 감싼 실,
고양이와 기름 범벅이 만들어 내는 혼돈

야키부타를 선물 받은 적이 있다. 햄이나 베이컨은 얇게 썰린 제품도 상관없지만, 야키부타는 한 덩어리가 그대로 든 제품이 좋다. 야키부타에 대해 이야기하자면, 먼저 고기를 감싸고 있는 실을 푸는 단계부터 시작된다. 번거로운 작업을 소비자에게 떠넘기는 셈이지만, 어쩐지 남성 잡지의 부록을 연상시킨다. 자연스레 내용물에 대한 기대를 높이는 것이다.

---

[1] 돼지 삼겹살이나 뒷다리살에 간장·미림·설탕·마늘·생강 등으로 만든 소스를 겉에 발라 굽는 요리로, 돼지고기를 양념에 재워 삶아 내는 '차슈'와 구별된다.

실의 끝부분을 잘 찾은 다음, 고기가 뭉개지지 않도록 조심스레 실을 푼다. 그 과정에서 떨어지는 조각을 입에 넣어 보면 매콤하면서 진한 향이 느껴진다. 고기가 제모습을 드러내면 얇게 썰어 나간다. 거친 겉모습과는 달리 안쪽은 연한 분홍색이 섬세한 그러데이션을 이룬다. 얇게 썬 고기를 한 점 들어 입에 넣는 순간, 입안에서 기름이 살살 녹으며 형언할 수 없는 감칠맛이 퍼진다. 이런, 서두부터 성인 소설 같은 느낌이라니.

예전에 〈심야식당〉이라는 드라마에 빨간 비엔나소시지를 좋아하는 야쿠자 '류'라는 인물로 반고정 출연을 한 적이 있다. 그 작품에 나오는 음식은 푸드 스타일리스트인 이이지마 나미 씨가 담당했다. 그녀가 만든 문어 모양의 빨간 비엔나소시지도 물론 맛있었지만, 평범한 인스턴트 라멘을 라멘 가게에서 파는 요리로 변신시켜 준 야키부타에 놀라고 말았다.

얇게 썬 야키부타를 몇 장 넣기만 해도 기름과 감칠맛, 깊은 맛과 향이 국물에 녹아들어 인스턴트 봉지 라멘이 700엔짜리 한 그릇 라멘으로 탈바꿈했다. 이이지마 씨에게 야키부타 레시피를 물어본 뒤부터 야키부타는 우리 집 단골 메뉴가 되었다. 그 후로도 운 좋게 그녀와 여러 촬영 현장에서 만날 기회가 있어서 조리실에 남은 음식을 얻어먹으러 가고는 했다.

내가 고양이 역할로 출연한 드라마 〈오늘의 네코무라 씨〉에서는 이이지마 씨가 작품 속에 등장하는 '네코므라이스[2]'를 만들어 주셨다. 촬영 중 어느 날에는 샌드위치를 만드는 장면이 있어서 오전부터 달콤하고 향긋한 냄새가 촬영장 가득 퍼졌다. 스태프들의 집중력이 눈에 띄게 흐트러졌을 때, 남은 식빵의 가장자리를 튀겨 설탕을 뿌린 러스크가 등장했다. 어찌나 맛있던지 그대로 팔아도 될 수준이었다. 출출했던 사람들이 손에 묻은 설탕까지 빨아 먹으며 웃던 모습이 다시금 떠오른다.

글을 쓰다 보니 야키부타가 머릿속에서 떠나지 않아 집 근처 정육점에 가서 한 덩어리를 사 왔다. 이것도 끝내주게 맛있단 말이지. 의식을 치르듯 부엌에 서서 야키부타에 감긴 실을 풀기 시작했다. 그런데 고양이가 다가와 실을 가지고 놀아대기 시작했다. 기름 범벅인 손으로 고양이를 내쫓을 수도 없고, 고양이가 풀어내기 시작한 실은 점점 길어졌다. 까불어대는 고양이와 야키부타, 실이 얽히고설키니 혼돈 그 자체다.

2 고양이를 뜻하는 일본어 '네코ㄴㅔㅋㅗ'와 오므라이스의 합성어로, 볶음밥을 달걀 지단으로 감싸지 않고 밥 위에 달걀프라이가 올라간다.

뻑뻑해 보이지만
의외로 야들야들하다

기름기가 적어
묵직하다

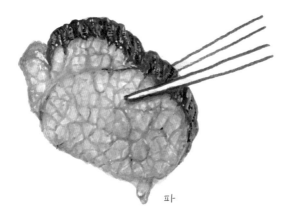

파

규스지 _{소의 힘줄}

여기서 평범하지 않은
규스지 골수 마니아의 이야기를 해도 될까

    오래전 이야기를 자꾸만 꺼내 죄송하다. 하지만 요즘은 예전만큼 눈치가 보이지는 않는다. 물론 내가 독자들을 너무 무시하는 건 아닌지 걱정되는 부분이 있기는 하다. 그래도 내가 꺼내는 이야기들을 잘 따라와 주는 독자층도 분명히 있다는 점을 어렴풋이 느끼고 있다. 그러니 그저 나이 많은 아저씨가 하는 실없는 소리라 생각하고 들어 주셨으면 한다.

    이번에는 만화 〈오소마츠 군〉에 대해 이야기하려 한다. 요즘은 등장인물들이 성인이 된 이야기를 다룬 리메이크 애니메이션 〈오소마츠 상〉도 방송되어 아카츠카 후지오 씨의 개그

만화가 지닌 세대를 초월하는 특징이 다시금 주목을 받고 있다. 물론 나는 전자인 〈오소마츠 군〉을 열심히 본 세대다.

여기에 등장하는 '치비타'가 손에 든 '오뎅' 이야기를 해 볼 생각이다. 오뎅을 좋아하는 치비타는 세모, 동그라미, 네모 모양의 세 가지 오뎅이 꽂힌 꼬치를 항상 들고 다닌다. 세 가지 오뎅의 종류가 무엇인지에 관한 논쟁은 다음에 다루도록 하자.

그 당시의 나는 그저 치비타를 흉내 내 보고 싶었다. 하지만 꼬치에 꽂힌 오뎅을 찾기가 어려웠다. 그때 내가 찾을 수 있던, 오뎅 냄비에 든 재료 중 꼬치에 꽂힌 것이라고는 '규스지'가 유일했고, 나머지는 전부 냄비 바닥에 가라앉아 있었다. 냄비 바닥에 있던 오뎅 세 가지를 골라 내가 직접 꼬치에 꽂았다고 해도, 잘 익은 오뎅은 아마 내가 들고 나가기도 전에 현관에 떨어져 엉망이 되었을 것이다. 이런저런 궁리를 하며 나는 규스지만 열심히 먹었다. 동물성 단백질인 데다 맛도 좋았다. 결국 내 마음속 치비타는 규스지 꼬치로 만족하기로 했다.

도쿄에 올라와 처음으로 오뎅 가게를 갔을 때였다. 여기에도 역시나 치비타가 들고 다닌 오뎅은 없었다. 내가 '규스지'를 주문하자 직원이 나를 이상하게 쳐다봤다. '규스지'는 없지만, 그냥 '스지'는 있다며 직원이 내민 것은 독특한 식감을 지닌 흰 오뎅이었다. 처음에는 시골에서 왔다고 나를 놀리나 싶었지만, 간토 지방에서는 그 흰 오뎅을 '스지'라 부르고 있었다. 알고 보니 도쿄를 포함한 간토 지방에서 '스지'는 상어의 힘줄이나 연골로 만든 오뎅이었다. 내가 터무니없는 착각을 하고 만 것이다. 게다가 그때 함께 나온 '치쿠와부'¹를 보고도 나는 당황했다. 이렇다 보니 점차 오뎅 가게에 발길을 끊게 되었다.

하지만 어떻게든 '규스지'가 먹고 싶은 나는 정육점에 가서 직접 소의 힘줄 부위를 사 왔다. 끓는 물에 데쳐 꼬치에 끼운 뒤 오뎅을 비롯한 다른 재료와 함께 푹 끓였다. 그러자 고기 육즙이 더해져 맛도 더 좋았다. 그리고 이제 규스지는 우리집 오뎅에 들어가는 단골 재료가 되었다.

요즘은 간토 지방에서도 예전과 같은 '스지'를 찾아보기가 어려워졌다고 한다. 소고기에 생선, 채소에 떡까지 다양한 재료가 혼재하는 오뎅. 사실 나는 오뎅에 통째 넣어 먹는 토마토도 좋아한다.

---

1 생선살로 만든 오뎅인 '치쿠와'와 식감은 비슷하지만 '치쿠와부'는 밀가루 반죽을 사용한 면으로, 가운데는 뚫려 있는 굵은 기둥 모양이다. 오뎅이나 간장 베이스 국물 요리에 넣어 먹는다.

어느 날 오뎅에 넣은 재료

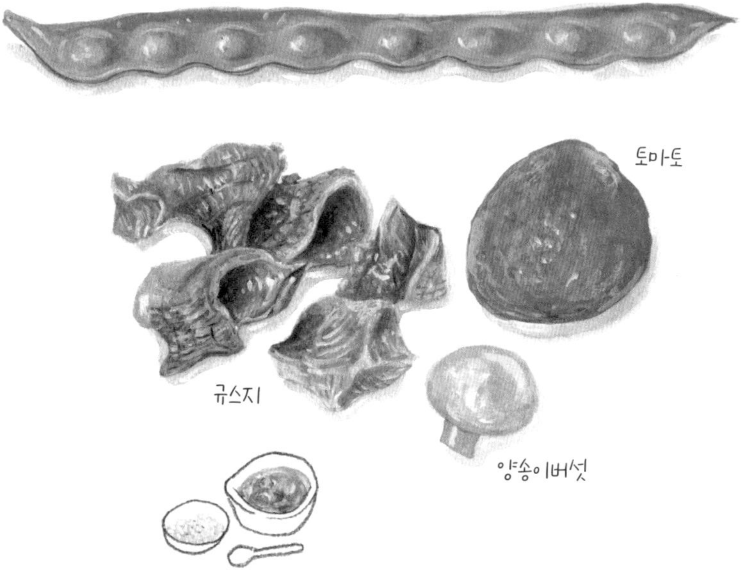
로마노빈Romano beans
토마토
규스지
양송이버섯

어느 정도 먹고 나면
카레 가루를 넣어서
수프 카레처럼 먹는다

미야자키 토종닭

아마미검은토끼[1]는 만날 수 없지만,
뱀을 만날 수도 있는 아마미오 섬 이야기

가끔 고향인 후쿠오카에서 일이 들어올 때가 있다. 이제는 후쿠오카에 집이나 친척도 없어서 그곳에 갈 때면 호텔에 머무르지만, 이왕 가는 김에 성묘까지 하고 오니 교통비를 절약할 수 있어 좋다.

볼일을 마치고 돌아올 때마다 후쿠오카 공항에서 꼭 사는 특산품이 있다. 터미널 안쪽에는 후쿠오카의 중심지인 하카

---

1 일본의 규슈 남부와 오키나와 사이에 위치한 아마미오 섬과 도쿠노 섬에서만 발견되는 어두운 색깔의 털을 지닌 토끼

타에도 있었을 만큼 오랜 전통을 자랑하는 백화점 '다마야'의 이름을 내건 매장이 있다. 나는 거기에서 파는 '미야자키 토종닭 숯불구이'를 정말 좋아한다. 한 봉지에 400엔으로 가격도 합리적이라 여행 기념으로 사기에 안성맞춤이다. 규슈 북부 지방인 후쿠오카에 가서 왜 규슈 남동부 지방인 미야자키의 토종닭을 사느냐는 비판이 당연히 나올 수 있다. 그래서 후쿠오카 특산품인 '하카타 미인'이라는 과자도 함께 산다.

약 20년 전에 드라마 촬영을 위해 잠시 아마미오 섬에 머문 적이 있다. 섬 중심부인 '나제'의 한 호텔에 머물며 드라마를 촬영하러 섬 곳곳을 돌아다녔다. 촬영 장소까지 이동할 때는 택시를 이용했는데, 어느 날 산길을 가는 도중에 차가 갑자기 멈추었다. 그런데 택시 운전사가 느긋하게 차에서 내려 트렁크를 열더니 U 자형 긴 막대를 꺼내서는 갓길에 있던 긴 끈처럼 생긴 무언가를 낚아챘다. 그러더니 뭔가를 스파게티처럼 둘둘 말아서는 다시 트렁크에 넣었다.

알고 보니 그것은 살무사의 일종인 반시뱀^{길이 1~1.8m의 뱀목 살모사}_{과의 파충류}이었다. 아마미의 택시 운전사들은 항상 택시에 포획 도구를 넣고 다니고, 그렇게 잡은 뱀을 관청에 가져다 주면 꽤 짭짤한 용돈벌이가 된다고 한다. 내가 타고 있는 차의 트렁크에 살아 있는 뱀이 있다니… 뱀이라면 질색하는 내게는 고문에 가까웠다.

아마미오 섬에는 '게이한'이라는 향토 요리가 있다. 찐 닭이나 가늘게 썬 달걀 지단, 표고버섯, 파 등의 재료를 올린 밥에 육수를 끼얹어 먹는다. 꽤 맛있는 닭 요리로, 점심으로 먹기 딱 좋다. 하지만 나는 밤마다 나제의 호텔 근처에 있는 '후라이보風來坊'라는 선술집에 갔다. 그곳에서 파는 숯불구이 닭에 푹 빠져 버렸던 것이다. 가게 주인이 땀범벅이 될 만큼 상당히 오랫동안 숯불과 싸우며 구워서 검게 변해 버린 닭인데 솔직히 빈말로라도 맛있어 보인다고는 못하겠다.

하지만 입에 넣으면 쉽게 끊어지지 않으려 하는 고기에서 마늘 향이 섞인 감칠맛이 가득 올라온다. 대체 뭐람, 이게 바로 아마미오 섬 최고의 명물이지 않은가. 나는 그렇게 확신했다. 도쿄로 돌아가기 전날 밤 나는 가게 사장님에게 이 아마미오 섬 최고의 닭 요리를 도쿄에서 먹을 방법이 없겠느냐, 그럴 수만 있다면 내가 주위에 열심히 전도하고 다니겠다고 매달렸다. 그러자 사장님은 쑥스러운 표정으로 이렇게 답했다.

"음, '게이한' 말고 차라리 '미야자키 토종닭'으로 검색해 보면 괜찮은 식당이 나오지 않을까요."

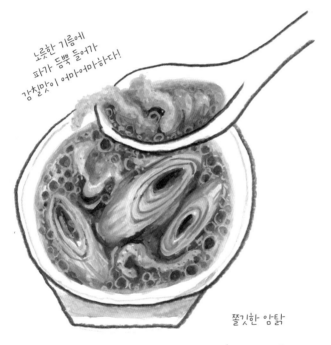

소바 면이 들어가지 않은 국물은
어른들이 좋아할 만한 맛이다

노릇한 기름에
파가 듬뿍 들어가
감칠맛이 어마어마하다!

쫄깃한 암탉

홋카이도 구시로의
소바 가게에서 파는
'가시와누키'

고등어 조림

내가 맛있게 먹는 것을 누구보다도
잘 알았던 아주머니에 관한 이야기

교토에는 일본의 대형 영화사인 '도에이'와 '쇼치쿠'의 촬영소가 있어서 작품 촬영에 들어가면 도쿄에서 교토까지 달려가 몇 날 며칠을 머무르게 된다. 그 당시에는 촬영소에 내려오는 오래된 관습에 당황하는 일도 많았다. 그에 관한 이야기는 여기서는 넘어가지만, 그와는 별개로 내 골치를 썩인 것이 식사 문제였다. 스타라 불리는 배우분들은 측근들을 데리고 중심부인 기온祇園에서 밤마다 술자리를 열곤 했다. 하지만 스타는커녕 그 심복조차 되지 못했던 나는 적당히 혼자 끼니를 해결하기 위해 매일 이곳저곳을 헤매고 다녔다.

그 당시 머물던 여관이 시조오미야에 있었는데, 가라스마 쪽으로 걸어가다 작은 입간판에 적힌 '고등어 조림 가즈키 婦'를 발견했다. 5개의 카운터석이 전부인 작은 가게 '가즈키'. 손님은 아무도 없었다. 들어가려면 꽤 용기가 필요하겠는걸.

처음에는 그냥 지나갔지만 자꾸만 궁금해져 발걸음을 돌렸다. 아직 아무도 없는 가게 안을 들여다보다 카운터 안쪽에 있던 아주머니와 눈이 마주치고 말았다. 머쓱해진 나는 가게를 그냥 지나쳐 역으로 돌아갔다. 그러나 그날은 무슨 일이 있어도 늘 먹던 규동 정식을 먹고 싶지 않았다. 모 아니면 도다. 한번 가 보면 되지. 다시 발걸음을 돌린 나는 조심스레 문을 열고 가게로 들어갔다. 아담한 체구의 아주머니가 웃으며 반겨 주었다. "어서 오세요, 많이 헤매셨나 봐요."

그곳에서 먹은 고등어 조림은 충격적이었다. 간장으로 달짝지근하게 조린 고등어는 적당히 기름져 쌀밥이 술술 들어갔다. 메뉴는 고등어 조림 정식과 오늘의 정식, 단 두 가지였다. 오늘의 정식도 아주머니의 다채로운 솜씨 덕분에 질리지 않았다. 그날 이후로 나는 매일 그 가게에 다니게 되었다. 아주머니는 자신이 맛있게 먹은 음식을 다른 사람에게도 먹이고 싶다는 일념으로 살아가는 사람 같았다.

일 때문에 교토를 방문하는 일이 전보다 줄어들었을 때도 아주머니는 늘 맛있는 음식을 발견하면 내게 보내 주셨다. 카와치반칸[1], 콩을 넣은 다이후쿠[2], 고기만두, 화이트 건포도 등 보내 주는 음식도 다양했다.

그 후로 25년이 흘렀다. 가게를 물려받은 아들에게서 얼마 전 연락을 받았다. 아주머니에게서 암이 발견되었지만, 치료 시기를 놓쳐 호스피스 병동에 입원하게 되었다고 했다. 놀란 마음에 황급히 전화를 드렸는데 아주머니의 목소리가 의외로 밝았다. 식욕이 없어도 맛있게 먹을 수 있는 면을 찾았다며 기쁜 듯 말했다.

다음 휴가 때 교토에 병문안을 가겠다고 약속했다. 하지만 그 약속을 지키지 못한 채, 아주머니는 내가 병문안을 가기로 약속한 날을 하루 앞둔 밤, 세상을 떠나셨다. 아주머니가 내게 마지막으로 보내 주신 '한다멘'[3]을 삶아 보았다. 음, 이것도 역시 맛있네요, 아주머니.

---

1 '일본의 자몽'이라 불리는 감귤류 과일로, 자몽보다 쓴맛이 없고 은은한 단맛을 낸다.
2 '다이후쿠'는 팥소를 넣은 둥근 찹쌀떡을 말하는데, 반죽에 검은콩을 섞어 하얀 찹쌀떡 사이에 검은콩이 박힌 울퉁불퉁한 모양의 다이후쿠도 있다.
3 도쿠시마 현 한다 지구에서 생산되는 면으로, 일반적인 소면보다 조금 굵다.

얇게 썬 생강과
가늘게 채 썬 생강을
듬뿍 넣었다

뱀장어

와사비를 찍어 먹을 것이냐,
양념구이를 먹을 것이냐, 그것이 문제로다

뱀장어 떼에 휩쓸려 죽임을 당하는 사내를 연기한 적이 있다. 범인 역할을 맡은 내가 시즈오카 현 하마마쓰에 있는 뱀장어 양식장에 뛰어들어 뱀장어와 함께 최후를 맞이하는 장면을 찍으려 했다. 그러나 예민한 뱀장어들이 날뛰지 않고 바닥에서 가만히 숨을 죽이고 있던 탓에 너무나도 평범한 모습으로 죽고 말았다. 다행히 그 덕분에 뱀장어 트라우마 같은 것이 생기지 않아 지금도 여전히 뱀장어를 좋아한다.

후쿠오카 하카타에서 나고 자란 아버지께서는 늘 입버릇처럼 "뱀장어^{우나기(うなぎ)}는 '요시즈카 우나기야^{吉塚うなぎ屋}'가 최고지"

라고 말씀하셨지만, 정작 후쿠오카 맛집인 그 가게에는 단 한 번도 나를 데려가 주시지 않았다. 물론 장어가 비싼 음식이기는 하지만, 친자식에게 사줄 돈조차 아까워 하셨다는 건 좀 그렇지 않나. 세월이 흐른 뒤 새로운 세상인 도쿄에서 나는 그곳에 필적할 만한 특별한 가게를 찾아야만 했다.

그렇게 달려간 곳이 시모키타자와에 있는 '노다이와野田岩'였다. 아직 자연산 뱀장어도 제공하던 때라 '내장에 낚싯바늘이 없는지 주의하세요'라는 문구만 봐도 가슴이 뛰었다. 확실히 장어덮밥이 비싸기는 하지만, 자신에게 주는 보상으로 이보다 좋은 음식이 있을까. 초밥, 숯불구이, 프랑스 요리 등 온갖 음식 중에서도 나는 '장어파'라는 사실을 인정하기로 했다.

그러나 그 후 연극에 빠져들면서 나는 점차 보상 같은 건 구경하기도 힘든 궁핍한 생활을 이어 나가게 되었다. 그러다가 연극 〈햄릿〉에 출연하면서 펜싱을 가르쳐 줄 선생님을 만났는데, 본업이 장어구이 장인이던 그로부터 장어를 한번 먹으러 오라는 말을 듣고 찾아간 곳이 '칸다 키쿠가와神田きくかわ'였다. 나는 오랜만에 장어를 보고 가슴이 설렜지만, 펜싱과 뱀장어의 관련성을 묻는 내게 "둘 다 찌르는 거잖아"라고 답하신 선생님의 말씀이 어찌나 인상적이었던지, 그날 장어 맛에 대한 기억은 전부 날아가 버렸다.

어쨌거나 장어는 특별하다. 슈퍼마켓에서 조리된 장어를 사서 전자레인지에 돌려 먹는다니 가당치도 않다. 하물며 규동 가게에서조차 '우나규^{ウナ規'}[1]라는 이름으로 밥 위에 소고기와 함께 올라가는 장어의 심정을 생각하면 말이다. 1년에 한 번, 아니 몇 번 정도는 장어가 다 익을 때까지 기다리는 수십 분의 시간 동안, 향긋한 냄새를 맡으며 그간의 노고와 억울함 등을 모두 승화시키고, 잘 익은 장어를 단숨에 입에 털어 넣은 뒤, 모든 것을 잊고 내일을 맞이하는 거다. 암, 장어는 그런 음식이지.

이제 나는 후쿠오카에 성묘하러 갔다 돌아오는 길에 아버지가 최고라고 말씀하셨던 '요시즈카 우나기야에 꼭 들러 장어 덮밥을 주문하며 입맛을 다신다. 돌아가신 아버지를 떠올리며 장어덮밥이 담겨 나온 찬합 뚜껑 위에 장어 한 조각을 올리기…는 무슨, 그런 짓은 절대 하지 않는다. 찬합 구석구석까지 샅샅이 핥아먹는다. 음식에 맺힌 한은 유독 오래 남는다.

---

[1] 장어(우나기)와 소고기(규)를 합친 덮밥

리필이 되지도 않을뿐더러
내장이 하나밖에 들어 있지 않고
식기 전에 먹고 싶으니

기모스이 닮어 내장국는
참으로 아쉽기만 하다

연어 소금구이

어느 정도 나이를 먹으면
연어회가 몸에 잘 받지 않는 것 같은데 어떤가?

1980년대 들어 따뜻한 도시락을 파는 일본의 도시락 전문점 '홋카홋카테이ほっかほっか亭'가 곳곳에 생겨나자 우리같이 주머니 사정이 넉넉지 못한 사람들의 점심 식사도 눈에 띄게 개선되었다. 하지만 가라아게닭튀김나 불고기가 들어가는 비싼 도시락은 엄두도 낼 수 없었고, 가장 싼 260엔짜리 김 도시락과 연어 도시락 중 하나를 골라야 했다. 김 도시락에는 흰살생선 튀김과 치쿠와생선살로 만든, 속이 뚫려 있는 원통형 오뎅 튀김이, 연어 도시락에는 구운 연어가 들어가서 둘 다 인기가 비슷비슷했다. 하지만 규슈에서 자란 나는 연어라는 생선 자체에 그리 익숙하지

않아 거의 매일 김 도시락만 먹었다.[1]

하루라도 빨리 김 도시락을 먹는 생활에서 벗어나고 싶었던 1990년대에 NHK 방송국으로부터 센고쿠 시대 최고의 명장 중 한 명이자 희대의 책략가로 유명한 '모리 모토나리'의 일대기를 다룬 대하드라마 〈모리 모토나리〉에 출연해 달라는 제안을 받았다. 내가 맡은 배역은 '깃카와 모토하루'라는 무장이었는데, 역사 속 실존 인물을 처음 연기하기에 앞서 나는 그와 관련된 일화를 조사했다.

그는 유명한 '세 화살의 교훈'[2]에 등장하는 모리 모토나리의 둘째 아들이다. 그런데 용맹한 장수이기도 했던 그가 전투를 벌이다가 전장에서 화려한 죽음을 맞이한 게 아니라, 연어 요리를 대접받았다가 탈이 나서 죽었다는 점이 놀라웠다. 요즘은 그런 미신을 전혀 믿지 않지만, 그 당시에 나는 왠지 찜찜한 마음이 들어 1년간 연어를 입에도 대지 않았다.

---

1 지역마다 주로 잡히는 어종이 달라 예부터 동일본은 연어를, 서일본은 방어를 더 즐겨 먹었다. 규슈는 서일본에 위치한 지방으로, 저자는 연어보다는 방어를 즐겨 먹는 지역에서 자랐다.

2 모리 모토나리가 '화살 한 대는 쉽게 부러지지만 화살 세 대는 쉽게 부러지지 않는다'며 아들들에게 결속을 강조한 일화로, 이 일화 자체는 후대에 창작되었다는 설이 있다.

연어 도시락에 든 연어가 사실은 '송어'였다는 사실이 세간을 떠들썩하게 했던 2000년대, 내게 연어 잡는 어부 역할이 들어왔다. 일본 북부의 홋카이도 동남부에 있는 '구시로'를 배경으로 한 〈하나미즈키: 나의 첫사랑, 나의 끝사랑〉이라는 영화였다. 촬영에 앞서 실제로 정치망^{한곳에 쳐 놓고 고기 떼가 지나가다가 걸리} ^{도록 한 그물} 어업을 체험해 보게 되었다. 출항 시각인 오전 2시에 맞춰 항구에 모인 우리는 멀미약을 먹은 뒤, 긴장되고 설레는 마음으로 졸음을 쫓았다.

한 시간 정도 항해하여 어장에 도착하면 유인한 연어를 거대한 크레인을 이용해 그물로 건져 올린 뒤, 어창^{잡은 물고기를 보관} ^{하는 창고}으로 옮긴다. 하지만 워낙 한 번에 많은 양을 건져 올리다 보니 그물 사이로 빠져나온 연어가 갑판 여기저기에 떨어져 펄떡였다. 이것들을 주워 담아 어창으로 옮기는 게 우리가 맡은 일이었다.

갓 잡아 올린 연어는 두툼하고 큼직한 데다 미끌미끌했고 심지어 잠시도 가만히 있지를 않았다. 붙잡았다고 생각한 순간, 거세게 몸부림을 치며 도망가 버렸다. 10월이라고는 해도 북쪽 바다의 추위가 뼛속까지 전해졌다.

잡아 올린 연어를 어창으로 전부 옮기고 났을 때쯤에는 이미 피로가 극에 달해 있었다. 돌아가는 길에 배 위에서 떠오르는 해를 바라보면서, 목장에서나 쓰는 커다란 우유 통에 담긴 우유를 스테인리스 대야에 가득 부어 데운 다음, 여기에 인스턴트커피를 녹여 다 함께 나눠 마셨다. 그때 마신 커피는 그날의 멋진 풍경과 함께 평생 잊을 수 없는 한 잔이 되었다.

항구로 돌아오자 그날 바로 돌아가야만 했던 내게 함께 배를 탔던 분들이 기념 삼아 연어 한 마리를 통째로 가져가라고 말씀해 주셨다. 감사하기는 했지만, 정중히 사양하고 말았다. 길이가 족히 1미터는 되어 보이는 연어를 집에 들고 갔다가는 아내가 질겁할 게 분명했으니까.

たべるノヲト。

어렸을 때 즐겨 먹던
간식 중 하나가
사케토바_{말린 연어포}였다

살만 발라낸다

껍질은 난로에 구워
바삭바삭하게 먹는다

말린 고등어

엉덩이에 스티커가 붙여졌던 굴욕을
떠올리는 듯한 고등어의 이야기[1]

도쿄만 아쿠아라인[2]이 개통된 후로 지바 현의 보소반도 방
면에서 촬영하는 일이 부쩍 늘었다. 보소반도의 남쪽 끝에 위
치한 다테야마 시 지역은 도쿄와는 거리가 멀어 예전에는 무
조건 숙소를 잡아야 했지만, 이제는 당일치기로 다녀올 수 있
다. 돌아오는 길에 남쪽 해안 우치보의 항구에서 바라보는 후
지산이 그야말로 절경이다. 석양에 붉게 물든 후지산의 모습

---

1 원산지 위조 방지를 위해 고등어의 꼬리 쪽에 인증 스티커를 붙이는 경우가 있다.

2 도쿄만을 가로지르며 가나가와 현 가와사키시와 지바 현 기사라즈시를 잇는
   1997년 개통된 고속도로

을 감상하고 나면 남쪽의 작은 마을 호타에 있는 건어물 가게
로 향한다. 보소반도에서 촬영하는 날의 정해진 코스다.

건어물 가게는 항구 근처의 '조친야 히모노텐提灯屋干物店'이라
는 작은 가게다. 이곳에서 파는 말린 고등어의 맛이 정말 끝
내준다. 기름이 잘잘 흐르고, 살이 촉촉하다. 굽는 도중에도
기름이 뚝뚝 떨어져 생선 굽는 그릴이 온통 기름투성이가 된
다. 하지만 청소 같은 것은 신경 쓰지 않고, 간 무를 얹어 입
안 가득 밀어 넣는다. 아, 난 역시 고등어가 좋다니까.

어린 시절에는 일주일에 한 번은 고등어를 먹었다. 심지어
익히지 않은 날것으로. 후쿠오카에는 고등어회를 깨소금과
간장에 버무려 밥에 얹어 먹는 '고마사바'라는 요리가 있다. 처
음에는 그대로 먹다가 나중에 '차즈케밥에 따뜻한 녹차를 부어 먹는 요리'를
해 먹는다. 고마사바는 내가 향토 요리가 뭔지도 몰랐던 어린
시절부터 자주 먹은 요리다.

한데 도쿄에 오니 고등어를 날로 먹으면 안 된다기에 어쩔
수 없이 고등어를 식초에 절인 '시메사바'를 먹어야만 했다. 하
지만 역시 내가 원하던 맛이 아니었다. 수십 년이 지나 이제
는 운송수단이나 냉동기술이 크게 발전했을 텐데도 여전히
도쿄에서는 생고등어를 찾기가 어렵다. 물론 지금도 후쿠오카

에서는 먹을 수 있다. 당최 이유를 모르겠다. 그런데 얼마 전 한국에 갔을 때, 투어 코디네이터였던 이 씨로부터 놀라운 말을 들었다. 이 씨의 고향인 제주도에서도 고등어를 날로 먹을 수 있다는 것이다.

대한해협 부근에서 잡히는 고등어와 태평양에서 잡히는 고등어의 몸에 숨어 있는 기생충의 습성은 크게 다르다고 한다. 생고등어에는 '아니사키스'라고 하는 악명 높은 기생충이 있다. 이것이 인간의 위에 들어가면 위벽을 찔러 극심한 복통을 일으킨다. 이들은 숙주인 고등어가 살아 있는 동안에는 내장에 머물지만, 고등어가 죽고 나면 다른 부위로 이동해 문제를 일으킨다. 그런데 동해 쪽에서 잡히는 고등어의 아니사키스는 대부분 내장에 그대로 머무른다고 한다. 그래서 내장만 적절히 제거하면 생식해도 그다지(100% 안전한 것은 아니지만) 위험하지 않다는 것이다.

어쨌거나 갓 잡아 올린 신선한 고등어를 먹으려면 산지에 가는 수밖에 없다. 그때까지는 보소반도에서 파는 말린 고등어에 만족해야지. 이마저도 없을 때는 고등어 된장조림 통조림을 먹으며 버텨야 할까. 한데 제주도에서 판다는 생고등어 김치찜 맛도 궁금하단 말이지.

고등학생 때
수업 중에
노트에 몰래 그린
인근 초밥집의
'고등어 초절임 초밥'
정말 좋아했다

아마 이를 계기로
음식 그림을 그리게
된 듯하다

3장

일품요리

참기름을 넣은 갓볶음

깨를 빻고 기름을 파는
전주의 어느 신기한 화가 이야기

도쿄 진보초의 헌책방 거리에는 연극 서적을 전문으로 하는 헌책방이 있다. 구단시타 부근의 '야구치' 서점과 현재는 문을 닫은 '도요다' 서점이 그곳이다. 나는 메이지대학교 재학 시절 강의에서 뭘 배웠는지 전혀 기억이 나지 않을 만큼 학점에 무관심한 학생이었지만, 전공과 도서실에는 귀중한 장서들이 참 많았다. 그래서 순전히 책을 읽을 목적으로 학교를 부지런히 오가고는 했다. 하지만 거기서도 찾을 수 없는 책은 헌책방을 뒤지고 다녀야 했다. 가도가와 문고에서 발행한 일본의 극작가인 '카라 주로'의 절판본도 헌책방에서 발견할 수 있었다.

없는 돈을 탈탈 털어 헌책을 사도 배는 고프기 마련이다. 그럴 때 허기를 달래준 곳이 '이모야いもや'라는 가게였다. 이모야는 튀김 전문점과 텐동튀김덮밥 전문점, 이렇게 두 개의 점포를 운영했는데, 메뉴 가격은 모두 500엔이었다. 가난한 학생이나 회사원들이 길게 줄을 설 만큼 유명한 곳이었다. 커다란 튀김용 냄비에서 흘러나온 고소한 참기름 냄새가 진보초 일대를 가득 메우면, 우리는 500엔 동전 하나를 손에 쥔 채 줄을 서고는 했다. 튀김은 참기름에 튀긴다는 사실을 이때 알았다.

시간이 흘러 2018년, 서울에서 차로 약 3시간 거리에 있는 전주를 방문했을 때의 일이다. 한국 최고의 미식 도시인 만큼 전주에서는 입에 대는 모든 음식이 맛있었다. 그중에서도 특히 비빔밥은 유난히 맛있었다.

자유시간에 시장을 둘러보던 우리는 어느 작은 가게에 시선이 멈추었다. 세련된 가게 안에서 팔고 있던 것은 '참기름'이었다. 투어 코디네이터였던 이 씨가 언급했던 가게가 분명했다. 우리는 여행 기념으로 참기름을 몇 병 사가기로 했다. 직원이 제품을 포장하면서 가게 안에 걸린 그림은 이곳 사장님의 작품이며, 사장님은 지금 가게 뒤편에서 '참기름을 짜고 있다'고 알려 주었다. 얼른 구경하러 가 보니 아저씨 한 분이 양반다리를 한 채 직원이 말한 그대로 기름을 '짜고' 있었다.

참기름은 기내 반입이 가능한 병조림이 아니었으므로 호텔에서 다시 단단히 밀봉해 일본으로 가지고 돌아왔다. 그날부터 우리는 그 참기름 없이는 살 수 없는 정도가 되었다. '히야얏코_{차가운 두부 위에 가쓰오부시와 쪽파, 간장 양념 등을 뿌려 먹는 요리}'에 참기름을 한 방울 떨어뜨리기만 해도 마치 콩에 꽃이 피어나듯 향긋한 냄새가 순식간에 퍼져 나간다.

이 글을 쓰고 있는 2023년은 해외에 나가기가 쉽지 않아 전주에서 사 온 참기름이 다 떨어진 채로 있지만, 어쩔 도리가 없으니 일단 우리 집에서 즐겨 먹는 밑반찬 갓볶음을 소개하고자 한다. 집 근처에 있는 '오케이'라는 슈퍼마켓에서 유기농 갓으로 만든 갓절임을 사 온다. 갓절임의 물기를 꼭 짠 다음, 잘게 다져 참기름을 듬뿍 넣고 볶는다. 여기에 간장, 청주, 미림을 살짝 넣고, 마지막에 볶은 참깨와 함께 고추를 주 재료로 한 향신료 '시치미토가라시' 전문점 '야겐보리 시치미토가라시 혼포_{やげん堀七味唐辛子本舗}'에서 파는 실고추를 듬뿍 올린다. 이러면 참기름을 넣은 갓볶음이 완성된다. 이 반찬은 내가 늘 직접 만드는데, 떨어지는 일 없이 항상 식탁에 올릴 수 있도록 신경 쓰고 있다.

한 접시 더
한 접시 더

다음 날
후회한다고 해도
멈출 수가 없다

흰 부분이 많은 백파,
엄선한 소금,
그리고
고품질의 참기름

오믈렛

일본에서는 산적이 해적보다
맛있는 음식을 더 많이 먹는 것 같은데

해적이라고 하면 무엇이 떠오르는가. 나는 1960년대에
NHK 방송국에서 방영한 어린이 인형극 〈훗코리 효탄지마[ひょっこりひょうたん島][1]에 등장했던 '도라히게'라는 캐릭터의 모습이 가장 먼저 떠오른다. 미안하다. 아마 내 말에 고개를 끄덕일 독자분들이 많지는 않을 거다.

그럼 '검은 수염 위기일발'[2]이라는 장난감에 등장하는 캐릭

---

1 '불쑥 표주박 섬'이라는 뜻으로, 주인공인 훗코리와 그의 동료들이 표주박 섬에서 겪는 다양한 모험을 다룬다.

2 구멍이 뚫린 장난감 나무통에 칼을 순서대로 꽂아 넣어 나무통에 박힌 해적을 튀어 오르게 하는 장난감으로, 우리나라에서는 '해적 룰렛' 혹은 '통 아저씨' 게임으로 알려져 있다.

터는 어떤가. 그 캐릭터도 엄연히 해적이다. 그 장난감은 오랫동안 사랑을 받았지만, 당최 해적을 구하려고 칼을 꽂는 건지 골탕을 먹이려고 칼을 꽂는 건지 알 수가 없다.

일본의 젊은 사람들이라면 아마 만화 〈원피스〉나 영화 〈캐리비안의 해적〉을 떠올릴 것이다. 적어도 역사 속의 해적 집단을 떠올리지는 않겠지. 해적이라고 하면 무언가 모험과 로망이 가득한 느낌이 든다.

여담이지만 〈캐리비안의 해적〉에서 잭 스패로우를 연기한 배우 조니 뎁의 나이도 벌써 환갑이 넘었다. 참고로 조니 뎁은 물론 브래드 피트도 1963년생으로 나와 동갑인데, 그 사실에 놀라는 사람들이 꽤 있는 듯해 기분이 썩 좋지는 않다.

무제한으로 먹을 수 있는 뷔페를 일본에서는 '바이킹'이라고 부른다. 어느 호텔에서 그렇게 부르기 시작한 것이 일반명사처럼 굳어졌다고 한다. 그리고 보니 해적의 상징이라고도 할 수 있는 마크는 늘 해골 아래 두 개의 뼈가 교차하는 모습으로 그려지던데, 그건 스페어 립^{돼지고기의 갈비 부위}을 먹고 남은 갈비뼈가 아닐까.

그렇게 생각하니 그 마크가 마치 우리는 해적이지만 해산물 외에도 램 찹^{양갈비에 소스를 발라 구운 요리}이나 스페어 립, 튤립 가라아게[3] 같은 음식도 실컷 먹고 있다고 자랑하는 것처럼 느껴졌다. 그러고 나니 '바이킹'이라는 일본식 표현이 '해적'에서 유래했다는 말도 이해가 갔다.[4]

사실 나는 호텔의 조식 뷔페를 무척이나 좋아한다. 하지만 어느 호텔이든 뷔페에 나오는 음식이 다 맛있는 것은 아니다. 호텔마다 잘하는 요리와 그렇지 않은 요리가 있다. 여행을 자주 하는 뷔페 마니아라면 그 점을 잘 파악해야 한다. 먼저 음료 코너로 간다. 그 지역의 제철 과일로 만든 생과일주스가 주전자에 가득 담겨 있다면 합격이다.

그다음은 샐러드 코너다. 그 지역에서 재배한 채소가 있으면 좋겠지만, 만약 그렇지 않다면 드레싱을 살펴보자. 드레싱을 일일이 직접 만들어 제공한다면 합격이다. 이 두 가지가 마음에 들지 않을 때는 그냥 포기하고 일식인 절임 반찬 코너로 간다. 여기마저 슈퍼마켓에서 흔히 파는 반찬들이 놓여 있다면 그곳은 불합격이다. 절임 반찬으로 해당 지역의 특산품이 제공되는 곳이 좋다.

3 영계의 날개 부위를 뼈째 튀겨 낸 것으로, 생김새가 튤립을 닮아 붙여진 이름이다.
4 '바이킹'은 일본 최초의 뷔페식 레스토랑인 '임페리얼 바이킹'에서 유래했는데, 이 레스토랑의 이름은 당시 유행했던 해적 영화 〈바이킹〉에서 따왔다.

마지막으로 가마솥 밥과 된장국의 냄새를 확인한다. 여기까지 전부 합격이라면 뭐든지 먹어도 된다. 하지만 이것들이 전부 낙제점을 받는 곳이라고 해도 최소한 달걀 요리만큼은 포기하고 싶지 않다. 그럴 때는 즉석에서 조리해 주는 오믈렛 코너로 향한다. 그곳에 가면 신입 요리사가 오믈렛을 만드는 과정을 쟁반을 든 채 마치 해적처럼 매섭게 지켜보는 내가 있다.

たべるノヲト。

끝나지 않는 아침밥

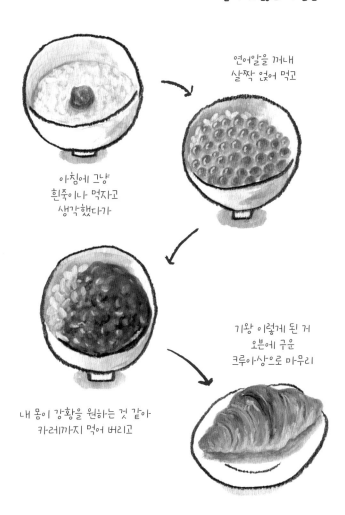

연어알을 꺼내
살짝 얹어 먹고

아침에 그냥
흰죽이나 먹자고
생각했다가

기왕 이렇게 된 거
오븐에 구운
크루아상으로 마무리

내 몸이 강황을 원하는 것 같아
카레까지 먹어 버리고

고로케

삼류 배우가 생각하는
고로케 한 개의 적당한 가격은?

고로케를 주인공으로 하는 작품을 한 편 만들어 주지 않겠는가. 홋카이도의 어느 농업법인이 꺼낸 제안에 드라마 프로듀서는 머리를 싸맸다. 물론 성대모사의 달인인 코미디언 '고로케'를 말하는 것이 아니다. 압도적인 지명도를 자랑하는 음식이지만, 늘 조연의 자리에 만족해 온 훌륭한 국민 배우를 이야기하는 것이다.

메이지 시대부터 활약해 온 고로케는 동서양을 막론하고 온갖 국면에서 일본인의 식탁을 지탱해 왔다. 하지만 여전히 표면상으로라도 저녁 식사의 주인공 자리를 차지한 적이 없다.

그래서 출연료도 늘 낮게 책정되어 있다.

같은 업계지만 직종이 다른 '멘치카츠^{다진 고기를 동그랗게 뭉쳐서 튀긴 커틀릿 요리}'는 동물성 단백질이 지닌 강력함 때문인지 대형 쇼핑센터가 즐비한 기치조지에서 팬들이 길게 줄을 늘어서는 존재가 되었다. 업계는 다르지만, 직종은 비슷한 감자샐러드조차 이제는 선술집의 주인공이 되어 인스타그램에 자주 등장하며 존재감을 뽐내고 있다.

그러니 고로케도 이제 새로운 시대를 맞아 좀 더 화려하게 변신시킬 수 없을까. 그런 조연들을 모아 일본 드라마 〈바이플레이어즈〉[1] 같은 작품을 만들면 어떨까. 같은 업계에 속하는 전갱이튀김이나 오징어튀김에게도 제안해 봤다. 하지만 기본 고로케와 '캐릭터가 겹치는 것'을 우려한 게살크림고로케가 소속사를 통해 하차 의사를 밝히면서 멤버 4명을 모으지 못하게 되었다.

어쩔 수 없이 업계는 다르지만, 직종은 비슷한 이들을 모아 '구황작물로 팀을 꾸리면 어떻겠느냐'라는 내용의 기획서를 썼

---

1 명품 조연 6명이 3개월간 셰어하우스에서 공동생활을 하면서 벌어지는 일을 그린 작품으로, 저자인 마츠시게 유타카도 출연했다.

다. 감자로 유명한 홋카이도에 사는 고객의 반응을 고려한 것이었다. 감자가 들어가는 기본 고로케 외에도 감자튀김이나 고기 감자조림 등 매력적인 멤버가 모였지만, 성급히 섭외한 '이모텐고지 현의 명물인 고구마튀김'이 유일한 고구마 멤버라는 점이 뒤늦게 드러났다. 게다가 당사자들은 물론이고 토란의 산지로 유명한 가고시마 현도 괜찮다고 했는데도, 토란이 처음부터 선택지에서 배제되었다는 점이 문제가 되기 시작했다. 여기에 야마가타 현이 '이모니토란, 소고기, 곤약, 파 등을 넣고 끓이는 국물 요리'를 무리하게 끼워 넣으려 하자 전체적인 균형이 깨져 또다시 기획이 무산되고 말았다.

게살크림고로케

따끈따끈한 고로케도
차갑게 식은 고로케도
저마다의 매력이 있어
맛있다

멘치카츠

기치조지 역 기타구치에서 도보로 15분
욕조도 없고 화장실도 공용인 2평짜리 방이 2만 3천 엔

오늘은 휴일인데 딱히 약속도 없고 마침 아내도 외출해서 집에 나 혼자 있다. 이런 날이면 오후에 훌쩍 다녀오는 곳이 있는데, 그곳이 바로 '기치조지'다. 도쿄에 올라와 내가 처음 살았던 곳이다. 고작 2년밖에 살지 않았지만, 그 후에 살았던 '시모기타자와' 지역은 너무나도 많이 변했다. 옛 정취라고는 찾아볼 수 없어 이제는 길을 헤맬 정도다. 그에 반해 기치조지는 '하모니카 요코초^{좁은 골목길에 작은 상점이 붙어 있는 모습이 '하모니카' 같아서 붙여진 이름}'부터가 여전히 옛 모습을 간직하고 있다.

나는 기치조지에 갈 때면 '기타마치'에 사는 대학 시절 친구

나카지마의 집에 들른다. 학생 때 신문 장학생^{신문 배달을 하는 대신 기}숙사와 학비를 지원받는 학생이었던 그는 소설가를 꿈꾸며 취직도 하지 않고 편의점에서 아르바이트를 하며 근근이 생활하고 있다. 소설가가 되고 싶은 그의 꿈은 현재 진행형이다.

문을 두드리자 나카지마가 쓰레기장 같은 아파트의 방에서 어슬렁어슬렁 기어 나왔다. 그는 야근하는 날이 많아 전화를 받지 않아도 대부분 이 시간에는 집에서 자고 있다. "오랜만이야." 머리숱이 줄어든 그의 모습이 신경 쓰이기는 하지만, 혈색은 좋았다. 만약 여러분이 무사시노시 부근의 편의점에서 늦은 밤에 편의점 주인처럼 보이는 노인을 만난다면 아르바이트 중인 나카지마일 수도 있다.

나는 녀석이 옷을 갈아입기를 기다렸다가 함께 카페로 향했다. 나카지마의 옷에서는 그 옛날 신문 보급소의 기숙사에서 났던 곰팡내가 풍겼다. 코끝에서 1980년대가 되살아났다.

그 당시에는 1년에 6일 정도 신문이 휴간하는 날이 있었다. 신문 배달을 하지 않아도 되는 날에는 둘이서 밤새 영화를 보며 첫차를 기다렸다. 아직 해가 뜨지 않은 새벽, 상점가에 노인들이 줄을 서는 가게가 있었다. '오자사^{小ざさ}'라는 화과자 가게였다. 하루에 양갱을 150개만 파는 곳이다. 이십 대 때는 이

런 새벽부터 양갱을 사러 오는 별난 사람들도 다 있구나 싶었
다. 하지만 그 가게는 여전히 건재하다.

우리는 화과자 가게 '오자사'에 눈길도 주지 않고 좀 더 걸어
지하에 있는 카페 '쿠구츠소＜＜ㄱᄬ'에 들어갔다. 여기도 예전
그대로다. 커피와 케이크, 그리고 수다가 이어졌다. 나카지마
는 내 작품을 빠짐없이 보고 내 연기를 인정사정없이 비판한
다. 나는 찍소리도 하지 못한다. 이런 시간이 내게는 더할 나
위 없이 귀하다.

가게를 나와 그와 헤어지니 길게 늘어선 줄이 보였다. '사토
さとう'라는 정육점에서 파는 멘치카츠를 기다리는 줄이다. 이
곳도 옛날부터 있던 곳이다. 1년에 한 번 가게 2층에서 고기를
먹은 기억이 있다. 그래, 오늘 저녁거리로 사 갈까. 대기줄이
오자사 앞까지 늘어져 있었다. 오자사에는 이미 양갱은 다 팔
리고 없었지만, 모나카는 아직 남아 있었다. 이렇게 된 거 식
후 디저트까지 사 가자.

기치조지에 오면 과거와 현재가 이어진다. 덧붙여 올해 내
생일에 사위가 아침부터 줄을 서서 오자사의 양갱을 선물로
사다 주었다. 이제야 그 시절 줄을 서서 양갱을 샀던 노인들
과 이어진 기분이다.

양파의 단맛과
김의 향기가 느껴지는
김 멘치카츠

집 근처에 있는
도시락 가게에서
큰 인기를 끌고 있는
반찬이다

먹을 때마다 어째서인지
전직 스모 선수 지요노후지 미쓰구가
생각난다

샤오룽바오

유리에 찰싹 달라붙은 채로
침까지 흘려가며 계속 보게 되는 관능적인 광경

어린 시절에는 전철을 탈 때면 늘 맨 앞칸에 타서 기관사의 일거수일투족을 관찰하기를 좋아했다. 어머니의 쇼핑에 동행해 후쿠오카의 중심가인 텐진으로 향하는 전차를 탈 때면 오로지 전차를 움직이는 기관사만 바라보았다.

다이마루 백화점에 도착하면 나는 어머니와 헤어져 지하의 식품매장으로 향했다. 내 목적지는 예전에 그곳에 있던 작은 만주공장과도 같은 코너였다. 그곳에는 반죽을 짜서 틀에 넣고 굽다가 백앙금을 올리고, 반대로 뒤집어 다 구워진 면에 인두로 문양을 찍어 완성하는 일련의 작업을 사람들에게

멋지게 선보이는 전자동 기계가 있었다. 쉴 새 없이 반복되는 그 광경을 하염없이 바라보고 있기만 해도 즐거웠다. 탈것이나 먹을 것이나 그 과정이 너무나도 흥미진진했던 그 옛날의 초 등학생.

어른이 된 지금, 집 근처를 지나는 도쿄 급행 전철은 지하 로 다니기에 운전석이 셔터로 가려져 있어 구경하는 재미가 없다. 그래서 요즘은 이동할 때 무조건 차를 이용한다. 이제 는 열차도 신칸센 정도밖에 타지 않게 되었지만, 가장 빠른 '노조미'의 맨 앞칸에 타도 차내 판매 카트가 반대쪽으로 방향 을 돌릴 뿐, 딱히 즐거운 공간이 아니게 되었다.

그사이에 내 관심의 대상이 간사이 지방의 명물로 유명한 '고고이치호라이551 HORAI'의 돼지고기만두로 넘어갔다. 교토 역 과 신오사카 역에도 매장이 있다. 인기가 많아서 당연히 줄을 서야 하지만, 기다리는 동안 유리 너머로 돼지고기만두를 만 드는 과정을 볼 수 있다.

장인이 만두피를 펴고 소를 올려 감싼 다음, 둥글게 비틀어 찜기에 넣는 그 일련의 행위가 그동안 내가 잊고 있던 무언가 를 다시 상기시켰다. 모든 과정을 기계가 아닌 사람이 하는 아 날로그적인 작업이다. 한참을 봐도 질리지 않고, 계속 보고 싶어진다. 앞사람을 따라 매장에 들어가면 만두를 사서 그곳을 나와야만 한다. 유리에 찰싹 달라붙은 채로 몇 시간이고 그 광경을 지켜볼 수 있던 어린 시절과 지금의 나를 거울로 비교해 본다.

이대로는 분하니 비행기를 타고 대만의 타이베이로 가자. 도착하자마자 '딘타이펑_{대만의 딤섬 전문점. 유리창을 통해 요리사들이 샤오룽바오를 빚는 모습을 볼 수 있다}'으로 직행해야지. 줄을 서는 건 기본이고, 1시간을 기다려야 할 때도 많으니 줄을 서서 계속 구경해야겠다. 샤오룽바오를 빚는 장인 형님들의 손놀림을 바라보고 있기만 해도 만족감이 밀려올 거다. 모든 과정을 거쳐 숟가락에 올라온 샤오룽바오에서 흘러나오는 육즙을 상상해 본다. 아, 그 과정이 말로 표현할 수 없을 만큼 좋다.

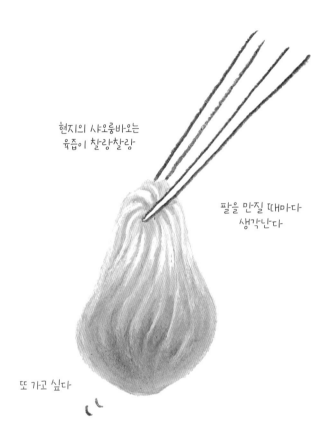

현지의 샤오롱바오는
육즙이 찰랑찰랑

팔을 만질 때마다
생각난다

또 가고 싶다

자완무시 일본식 계란찜

사상 최악의 의상을 걸친 주인공이
맨몸으로 달걀물 속에 가라앉다

혹시 메밀잣밤나무 열매에 대해 들어 본 적 있는가. 겉모습이 도토리를 닮았는데, 볶아서 껍질을 벗기고 남은 알맹이만 먹는다. 옛날에는 노점에서 팔아 나도 즐겨 먹었다. 요즘처럼 온갖 디저트가 넘쳐흐르는 시대에는 특별할 것 없는 간식처럼 보일 수 있지만, 은근히 중독성이 있어서 질리지 않는다. 이걸 팔던 노점에서는 옆에 은행도 함께 팔아 늘 독특한 냄새를 풍겼다. 은행은 메밀잣밤나무 열매보다 비싼 편이라 어린아이들이 사 먹을 수 있는 음식이 아니었다. 또 다른 가게에서 대량으로 팔던 단밤 등은 귀족 혹은 관리들이나 먹는 간식이라 생각했던 시절의 이야기다.

매일 개를 데리고 6킬로미터 정도를 산책하는 집 근처 공원에는 은행나무 가로수가 곳곳에 있다. 계절이 바뀌면 은행잎이 노랗게 물드는데, 어서 계절에 맞는 옷으로 갈아입으라고 재촉하는 듯하다. 그보다 앞서 은행나무 암나무에서 열매가 후드득 떨어지며 독특한 냄새를 주위에 퍼뜨린다.

우리 집 개는 냄새를 맡더니 자꾸만 은행 열매를 먹으려고 한다. 은행 열매의 발효 냄새, 아니 똥내가 코를 자극하는지 개가 정신을 차리지 못한다. 평소보다 더 주의해서 산책을 시키지만, 내가 보지 않는 순간을 노려 먹는 건지 가끔 집에 돌아가는 길에 토할 때가 있다.

사람들도 이른 아침부터 은행 열매를 주우러 모여드는데, 냄새와 피부염의 원인이자 딱딱한 은행 알을 감싸고 있는 물컹물컹한 껍질을 그 자리에 방치하고 가는 사람도 있어 당혹스럽다. 은행에는 개와 사람 모두 정신을 못 차리게 하는 무언가가 있는 걸까.

은행이라고 하니 '자완무시'가 떠오른다. 나는 자완무시를 좋아한다. 요즘은 자완무시를 회전초밥집에서 먹는 간단한 입가심 정도로만 여기는데, 나는 이런 상황이 우려스럽다. 나가

사키에는 유명한 자완무시 전문점이 있다. '욧소'[ヨッソウ]라고 하는 그 가게는 에도 시대[1] 말기에 문을 연 곳으로, 외관만 봐도 오랜 전통이 느껴진다. 나가사키라고 하면 중식이나 양식의 이미지가 강한 지역인데, 그곳에서 자완무시를 내세운 가게를 열어 오늘날까지 인기를 얻고 있다는 점이 놀랍기만 하다.

자완무시는 새우나 닭고기, 생선이 주인공일 것 같지만 그렇지 않다. 나루토마키[핑크색 소용돌이 무늬가 들어간 흰색 오댕]나 표고버섯 또는 달걀물 그 자체가 메인인 것도 아니다. 나는 만반의 준비를 마치고 나타나는 은행이야말로 자완무시의 주인공이라 믿는다. 그릇 바닥에 가라앉은 은행을 숟가락으로 떠내는 순간, 스포트라이트가 비추며 주인공의 등장을 알린다. 가끔 2개가 들어 있을 때도 있다. 그러면 두 주인공의 등장에 관객들은 기쁨에 젖는다. 최근에는 도쿄 지점이 부활했다는 소식을 들었다. 그릇 속에 숨은 주인공을 만날 수 있는 날이 머지않았다.

1 도쿠가와 이에야스가 세운 에도 막부가 일본을 통치한 1603~1868년

표고버섯과 파드득나물^{반디나물}만 들어갔다

큼지막한 그릇에
자완무시가 가득,
호사스러운
집 반찬

배추 전골

환갑이 넘어도 썩지 않고 발효를 계속하는
소비기한이 긴 배우가 되자

요즘은 수박 한 통을 통째로 사기가 쉽지 않다. 옛날에야 냇가나 우물에 수박을 차갑게 담가 두었다가 먹을 수 있어 좋았지만, 이제는 냉장고가 가장 바쁘게 일하는 여름에 수박 한 통을 보관할 만큼의 공간을 확보하기가 어렵다.

배추도 마찬가지다. 반 포기나 4분의 1포기를 사는 게 기본이 되었다. 하지만 큼지막한 배추 한 포기를 사 와서 배춧잎을 필요한 만큼만 겉에서부터 한 장씩 뜯어서 쓰면 오래 보관할 수 있고 맛도 좋다고 한다.

그러고 보니 가끔은 배추절임도 만들어 보고 싶단 말이지.

집에서 만든 배추절임이 시간이 지날수록 시큼한 맛으로 변하는 게 너무나도 좋다. 사실 김치나 채소절임, 갓절임도 시큼한 맛이 날 정도로 푹 익었을 때가 가장 맛있는 시기라 생각한다. 그런 의미에서 봤을 때, 이런 제품은 소비기한이 없는 것이나 마찬가지다. 절임은 묵혀서 유산 발효가 진행되어야만 비로소 진정한 절임이라 할 수 있다. 어디까지나 내 개인적인 생각이지만.

시큼한 배추로 만든 전골 요리가 대만에 있다. 코로나로 몇 년 동안 가지 못하다가 이후에 촬영을 위하여 오키나와에 갈 일이 생겼을 때, 기왕이면 대만에도 들르자고 밀어붙이자 의외로 순순히 통과되었다. 사실 대만에 가고 싶던 이유는 거기서만 파는 립크림을 사고 싶은 지극히 개인적인 욕망을 채우기 위해서였다. 한 개에 300엔 정도인 립크림은 부피가 작아 여기저기 선물하기 딱 좋았다. 성분도 천연재료만을 사용해서 사용기한이 1년밖에 되지 않는다.

그런 제품을 최대한 오래 쓰며 버텨 왔지만, 이제 드디어 새로 살 때가 왔다. 사용감이 좋은 데다 발림성도 좋고 은은한 박하 향이 나서 바르면 기분이 좋다. 이 제품을 한번 써 본 뒤로 다른 제품에 손이 가질 않는다. 같은 업체에서 나온 고체 샴푸 바도 세정력이 뛰어나 제품의 완성도가 타의 추종을 불허할 정도다. 그런데 일본에서는 도무지 구할 수가 없는 것이다.

일본의 오키나와에서 대만의 타이베이까지는 비행기를 타면 순식간에 간다. 1박 2일의 강행군이었지만, 오랜만에 타이베이에 가니 가슴이 뛰었다. 이날 내가 먹은 요리는 '쏸차이'^{발효}^{시킨 배추}'와 돼지고기를 입맛에 맞게 조합한 소스에 찍어 먹는 맛있는 전골 요리 '쏸차이바이러우궈'다.

배추의 시큼한 맛이 포만감을 잊게 해 무한정 먹을 수 있다. 일반적인 훠궈는 일본에서도 당연히 먹을 수 있지만, 쏸차이가 들어간 훠궈는 현지에 가야만 맛볼 수 있다. 오랜만에 그 맛을 충분히 즐겼다.

다음 날, 일본으로 돌아가기 전에 앞서 말한 립크림을 사러 슈퍼마켓에 들렀다. 립크림과 고체 샴푸 바를 바구니에 한가득 담았다. 계산대 앞에 줄을 섰다가 문득 생각이 나서 절임류 코너로 향했다. 다행히도 '쏸차이'라고 적힌, 팩에 담긴 배추절임이 있었다. 자, 이제 '치아더'^{佳德} 베이커리'에 가서 파인애플 케이크 '펑리수'만 사면 대만 일정이 모두 마무리된다.

한국인 친구가 만들어 주는
생굴이 들어간 배추겉절이

내가 정말 좋아하는 음식이다

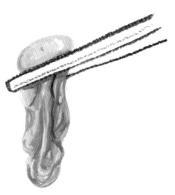

아삭아삭

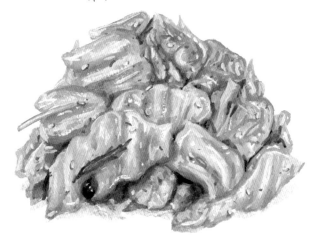

모찌 피자

떡국에 둥근 떡을 넣을지, 네모난 떡을 넣을지는 먹는 사람 마음이지만,
요즘은 곰팡이가 조금이라도 핀 떡은 먹으면 안 된다고 한다

어느 날 스튜디오에 도착하니 조감독 세 명이 몸이 좋지 않아 촬영 현장에 오지 못하게 되었다는 소식을 전해 들었다. 전날 촬영을 마치고 먹은 음식이 문제였는지 다들 탈이 난 모양이었다. 다행히 다른 스태프들을 불렀지만 그 뒤로도 몸 상태가 나빠지는 사람들이 속출했고, 시간이 갈수록 현장에 초면인 스태프들이 늘어나기 시작했다.

오전 촬영을 마친 뒤, 핀마이크를 제거해 주러 온 젊은 스태프에게 "마치 공포영화 같네요"라고 말을 건넸는데, 놀랍게도 그 순간 그녀가 갑자기 쓰러지고 말았다. 우리가 무슨 오컬트

영화를 찍고 있던 것도 아니었는데 말이다. 대기실로 돌아가자 주연을 맡은 배우마저 병원에 갔다는 소식이 들려왔고, 결국 오후 촬영은 중단되었다.

원인은 노로바이러스였다. 주범은 전날 저녁에 받은 도시락이었다. 나는 운 좋게 저녁 식사 전에 집에 돌아가 도시락을 먹지 않았고, 식중독에 걸렸던 스태프와 배우 모두 다행히 증상이 가벼워 큰 문제가 생기지는 않았다. 요즘 같으면 언론에 대대적으로 보도되었을 법한 사건이었지만, 도시락 업체가 앞으로 위생 관리를 철저히 하겠다고 약속해 원만히 넘어갔다. 바이러스라는 존재가 아직은 사람들에게 낯설던 십수 년 전 겨울의 일이었다.

그동안 얼마나 많은 도시락을 먹어 왔던가. 내 몸의 절반이 촬영장에서 나눠 준 도시락으로 이루어져 있을지도 모른다고 생각하니… 식중독도 겁이 나지만, 살균 방부 처리된 도시락도 불안하기는 마찬가지였다. 한겨울 촬영장에서는 찬밥이 도저히 목구멍으로 넘어가질 않는다. 그래서 집에서만큼은 따뜻한 밥을 먹고 싶다. 가족들이 함께 식탁에 둘러앉았을 때만큼은 김이 모락모락 나는 요리를 먹고 싶다. 그런데 설날에는 으레 '오세치'[1] 요리라는 것을 먹지 않는가. 나는 차갑게 식은 오세치 요리가 싫었다. 하지만 다행히도 오세치 요리에는 '오조니 _{맑은 장국이나 된장국에 '모찌'를 넣어 끓이는 일본식 떡국}'라는 따뜻한 단짝이 함께 했다.

그래서 오조니에 들어가는 '모찌' 이야기를 하려고 한다. 모찌라는 녀석은 따끈따끈할 때만 먹을 수 있는 존재다. 식어도 먹을 수 있는 다른 음식과는 달리 한번 식으면 돌덩이처럼 딱딱해져 도저히 씹을 수가 없다. 찧자마자 먹어야만 한다. 하지만 끓이거나 구우면 다시 말랑말랑해져 편하다.

참고로 일본에는 새해에 신에게 바치기 위해 거울처럼 둥근 모찌 두 개를 겹쳐 올려 장식해 두었다가 1월 11일에 요리해 먹는 '가가미비라키鏡開き'라는 풍습이 있다. 이때 사용한 모찌를 직사각형 형태로 잘라 기름을 두른 프라이팬에 구워 피자처럼 둥글넓적하게 편 다음 간장을 뿌려 먹으면 맛있으니 꼭 한번 해보시라.[2] 아, 그러고 보니 모찌를 먹고 탈이 났다는 이야기는 들어보지 못한 것 같다.

---

1 국물이 없고 보존성이 높은 요리를 찬합에 예쁘게 담은 일본의 명절 요리로, 섣달 그믐날에 미리 만들어 두었다가 정월 연휴 동안 먹는다.

2 이때 먹는 모찌는 신의 힘이 깃들어 칼을 대서는 안 된다고 하여 보통 손이나 나무망치로 깨뜨려 요리에 사용한다.

어린 시절에 본
어머니의 뒤꿈치가
떠오른다

4장

면류

카모 세이로[1]

어린 오리 두 마리가 오토바이 경주장에서
불합리한 세상을 한탄하다

　나는 도박을 좋아했다. 파칭코나 슬롯머신뿐만 아니라 그
밖의 것들까지. 하지만 잘하지는 못했다. 아니, 오히려 호구에
가까웠다. 이론이 아닌 흐름을 중시하는 도박꾼의 승률은 낮
다. 압도적으로 후자에 속하는 나는 애초에 도박과 어울리지
않는다고 생각한다. 그런데도 '파를 뒤집어쓴 오리'[2]처럼 나는
그 혼란한 싸움터를 전전했다.

1　오리고기와 파가 든 뜨거운 국물에 소바 면을 찍어 먹는 요리
2　우리나라에서 호구를 '봉'에 비유하듯 일본에서는 '오리'에 비유한다.

하지만 이십 대 후반에 가정을 꾸리게 된 이후로는 도박에서 완전히 손을 뗐다. 앞으로 연기로 먹고살 수 있느냐 없느냐 하는 일생일대의 도박에 오롯이 집중하기로 마음먹었기 때문이다.

그런 각오를 다지기 얼마 전에 나는 뜻밖의 계기로 일본의 전통 희극인 교겐^{狂言}을 배웠다. 극중극_{연극 속에서 이루어지는 또 하나의 연극} 형식으로 구성된 연극에 필요했기 때문이었다.

그때 내게 교겐을 가르쳐 주신 선생님이 정말 재미있는 분이었다. 노무라 고스케 씨라는 유명한 교겐 배우였는데, 유명한 교겐 가문의 자제이기도 한 그는 젊은 시절에는 장난기도 많고 방황하기도 했다.

내가 그를 만난 시기는 그가 성인이 되어 교겐 배우로서 본격적인 활동을 시작하기 전이었다. 그렇다 보니 교겐을 진지하게 가르쳐 주지 않았고, 수업을 후다닥 끝내고서 나와 함께 술집에 가고는 했다. 나보다 세 살 많은 형이었던 장난기 많던 교겐 배우는 나를 꽤 귀여워해 주었다.

휴일에는 그가 나를 홋카이도에 있는 오토바이 경주장에도 데려가 주었다. 내게 용돈을 10,000엔 주면서 마음대로 돈을 걸어 보라고 했다. 오토바이 경주에 대해 잘 알지도 못하던 풋내기가 당연히 돈을 딸 리는 없었고, 나는 그저 남은 시간 동안 선배와 함께 경주장에 앉아 소주를 홀짝이며 시시콜콜한 잡담을 나누었다.

대화의 주제는 연극이나 영화에 대한 신랄한 비평과 동서고금의 극작가·감독·배우에 관한 험담이 대부분이었다. 하지만 그의 시원스러운 언변에 나는 낄낄대며 웃었다. 돌아오는 길에 술에 취한 선배가 내게 자신의 제자가 되라고 했다. 한순간이나마 그 말에 넘어갈 뻔했지만, 이내 "싫습니다"라고 대답하고는 둘이서 웃고 말았다.

선배는 그 후 '노무라 만노조'라는 선대의 이름을 물려받았고, 교겐의 틀에 얽매이지 않는 획기적인 공연을 기획하고 연출하는 흔치 않은 존재가 되었다. 하지만 언젠가 함께 공연하고 싶다는 내 꿈을 이루지 못한 채, 그는 2004년에 44세라는 젊은 나이로 세상을 떠나고 말았다.

그러던 어느 날 기타칸토[3]의 어느 소바 가게에 들어간 나는 깜짝 놀라고 말았다. 오리 기름이 듬뿍 들어간 따뜻한 멘쯔

---

3 간토 지방의 북부와 중북부를 가리키는 말로, 주로 이바라키 현·도치기 현·군마 현을 지칭하며 사이타마 현이 포함되기도 한다.

유^{일본식 국물 요리에 사용되는 간장 베이스의 육수}에 소바 면을 담가 먹는 '키자미 카모 세이로'라는 요리가 있던 것이다.

두툼한 오리고기가 올라가는 '카모난반 소바'와는 달리 잘게 썰린 오리고기의 식감과 뜨거운 기름의 감칠맛이 차가운 면과 어우러져 목 넘김이 기가 막혔다. 처음 만들어진 곳은 요코하마라고 하던데, 얼른 집에서 따라 만들어 보았다.

오리고기는 되도록 껍질이 많이 붙어 있는 냉장 다리 살을 준비한다. 멘쯔유를 끓여 잘게 썬 오리고기를 넣은 다음, 올라오는 거품을 걷어 낸다. 마지막으로 소바 면을 살짝 데치기만 하면 완성이다.

차가운 면과 뜨거운 국물, 전통과 혁신. 오래전 오토바이 경주장에서 봤던 선배의 미소를 떠올리며 먹었다.

たべるノヲト。

청둥오리 각종 부속과

대파 구이

거울에 비친
내 모습을 보고
뜨끔했다

자루소바^{판 메밀} 튀김 세트

오리 육수로 만든 연말 소바를 진심으로 좋아하는
나의 마음을 담아 새해 복 많이 받으세요

올해를 끝으로 연하장을 그만 보내야겠다고 생각한 지 벌써 몇 년이 지났을까. 한 장 한 장에 마음을 담아 붓과 만년필의 이도류[1]를 구사하며 연하장을 쓴다. 연말 행사로서 나쁘지는 않았다. 이제는 문자나 메신저로 보내도 충분하지 않을까. 하지만 얼마 전에 새 만년필을 사 버렸단 말이지. 새로 산 특이한 잉크도 써 보고 싶고. 역시 올해도 50장 정도 사 볼까.

후쿠오카의 하카타 역의 주요 출입구 중 하나인 하카타구

---

1 일본 검술에서 양손에 칼을 한 자루씩 쥐고 싸우는 검법을 말한다.

치를 나오면 왼쪽에 예전의 하카타 우체국이 있던 자리에 큰
건물이 보인다. 지금은 '킷테^{KITTE}'라는 상업 시설로 바뀌어 과
거의 흔적을 찾아볼 수 없지만, 그렇다고 전혀 무관하지는 않
다. 일본어로 우표를 뜻하는 '킷테'라는 이름처럼 일본 우편이
조성한 시설이다.

　고등학생 시절, 나는 이곳에서 연하장을 배달하는 아르바
이트를 했다. 문자나 메신저, 휴대전화도 없고, 누가 연하장을
더 많이 받는지 경쟁하던 시절이었다. 그 당시 고등학생에게
우체국이 가장 바쁜 시기에 일손을 돕는 아르바이트만큼 용
돈을 벌기 좋은 곳이 없었다. 평소에는 우체국 직원 혼자 분
류와 배달을 모두 담당했지만, 이 시기에는 직원이 분류 작업
을 전담하고, 배달은 아르바이트생에게 맡겼다.

　첫날 〈울트라 세븐〉[2]의 주인공인 '모로보시 단'을 닮은 우체
국 직원과 함께 배달 코스를 확인했다. 나는 소규모 공장이
많이 들어선 번화가를 맡게 되었다. 자전거로 배달하므로 언
덕이 많은 지역이었다면 지레 겁을 먹고 말았겠지만, 다행히
도 평탄한 코스라 안심했다. 그래서 쉬울 거라 생각했다.

2　1960년대 후반 TBS 방송국에서 방영한 '울트라 시리즈'의 세 번째 작품

하지만 연말을 맞아 공장들이 휴무에 들어가자 얌전히 공장을 지키고 있던 개들의 태도가 완전히 달라졌다. 그 당시 대부분은 개들을 바깥에 묶어 놓고 키웠다. 그런 개들을 피해 우편함에 우편물을 넣어야 했는데, 개들이 무섭게 짖으며 달려들었다. 개들이 묶여 있어 다행히 물리지는 않았지만, 거의 내 무릎에 닿을 거리까지 다가왔다. 잔뜩 녹슨 목줄도 그다지 믿을 수가 없어 나는 다음 날부터 집에서 식빵을 가지고 왔다. 개들에게 빵을 던져 주니 맛있게 먹어서 이제 괜찮겠다 싶어 지나가려 했지만 또다시 짖어댔다. 내가 준 빵은 먹었으면서 덤벼들다니.

우체국의 '모로보시 단'에게 그런 일이 있었다고 소바 가게에서 하소연했다. 겨울 방학 아르바이트를 끝마치던 날에 그동안 수고했다며 그가 소바를 사 준 것이다. 우동이 대세인 하카타에서 소바 가게라니. 나는 그곳에서 처음으로 자루소바 튀김 세트를 먹었다. 강판에 간 무를 소바 장국에 넣고, 여기에 갓 튀긴 새우튀김을 머리부터 찍어 먹었다. 이렇게나 맛있는 음식이 다 있나 싶어 놀랐다. 내년에도 꼭 아르바이트하러 올게요. 자루소바 튀김 세트를 또 먹고 싶은 마음에 나는 그렇게 울트라 세븐과 약속했다.

식초와 생강의 맛과 향이 느껴지는
홋카이도 구시로의 명물
'소바 초밥'
갈수록 점점 더 좋아진다

소바 면이 녹색인 이유는
클로렐라가 들었기 때문

짬뽕

나가사키는 오늘도 비가 내리고,
우산이 뒤집힐 정도로 바람이 세게 부는 모양이다

올해 생일에 우산을 선물로 받았다. 근사한 서양식 우산이다. 자, 이걸 언제 쓰면 좋으려나. 새 우산을 빨리 써 보고 싶어 비가 오기만을 기다렸던 시절이 떠오른다. 우산 수리공이 동네를 돌며 확성기에 대고 '우산~고쳐요~♬'라고 외쳐 댔던 그 시절이 그립다. 그래, 예전에는 고장 나면 다시 고쳐 쓸 만큼 우산이 귀한 물건이었단 말이지. 요즘 집에 있는 우산꽂이를 보면 어디서 샀거나 받았거나 아니면 다른 사람 것인가 싶을 만큼 출처가 불분명한 비닐우산이 가득하다.

그런 우산이 강풍을 이기지 못하고 거꾸로 뒤집혀 버릴 때가 있다. 예전에는 이런 상태를 '우산이 짬뽕이 되었다'고 했다. 힘껏 흔들면 원래대로 돌아가므로 고장 난 것은 아니다. 지역에 따라서는 '술잔'이 되었다고 말하는 곳도 있었다. 아마이렇게 말하는 사람이 더 많겠지만, 오늘은 짬뽕으로 하자. 짬뽕 그릇과 비슷했기 때문이라고 우리는 생각했다.

우산의 뒤집힌 부분에 고인 빗물을 친구들을 향해 튀기며 놀았던 등굣길. 비가 그치면 우산으로 칼싸움을 하며 놀던 하굣길. 옛 추억을 떠올리니 배가 고파졌다. 그래, 짬뽕이 당긴다.

우산이 뒤집힌 모습을 상상해 보라. 짬뽕 접시는 바닥이 얕다. 건더기가 국물에 완전히 잠기지 않는, 말하자면 반신욕 상태로 나온다. 바로 이 점이 마지막까지 채소의 아삭아삭한 식감을 고스란히 즐길 수 있는 짬뽕만의 특징을 만든다.

식감도 식감이지만, 나는 짬뽕의 가장 큰 매력이 다채로운 재료에 있다고 생각한다. 양배추, 숙주, 당근 같은 채소들은 말할 것도 없고, 센 불에 구워져서 알 덴테^{치아에 약간 단단한 식감이 느껴질 정도로 아삭한 상태} 식감이다. 원래는 주인공이어야 할 돼지고기가 존재감을 줄이고 뒤를 받친다.

소고기나 돼지고기와의 공동출연을 거부한다는 소문이 돌

았던 바다의 명배우, 새우와 오징어, 바지락은 자신이 지닌 감칠맛을 모조리 끌어내며 헌신적으로 공헌한다. 여기에 해산물을 돕는 원군으로서 나루토마키^{핑크색 소용돌이 무늬가 들어간 흰색 오뎅}나사쓰마아게^{생선살로 만든 오뎅을 튀긴 것} 같은 노배우도 대기하고 있다. 마지막으로 주인공인 면이 등장한다. 국물이 잘 스며드는 중간 굵기의 노란색 면이 결정적인 역할을 맡는다. 이 노란 면은 모츠나베^{일본식 곱창 전골}에서도 마지막의 결정적인 순간을 아무렇지 않게 가로채 가는 얄미운 녀석이라는 점을 덧붙여 둔다.

짬뽕이 먹고 싶어졌지만, 비통하다! 전문점이 많지 않구나. 어떻게든 짬뽕 가게를 찾아서 짬뽕이 나온다면 주인장에게 소스를 달라고 해 보자. 보통 가게에서 이런 말을 했다가는 주인에게 한마디 듣기 십상이지만, 아마 짬뽕 가게 주인은 피식 웃으며 "이 손님, 드실 줄 아시네"라고 할 것이다. 참 신기한 음식이다.

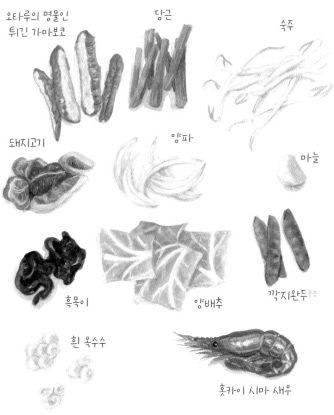

오타루의 명물인
튀긴 가마보코

당근

숙주

돼지고기

양파

마늘

흑목이

양배추

깍지완두_{완두}

흰 옥수수

홋카이 시마 새우

한 번도 먹어 본 적 없는 나가사키 짬뽕
홋카이도산 재료로만 만들어 보았다
제대로 만든 건지 잘 모르겠지만, 맛은 있었다
※면은 아사히카와 라멘을 사용

생강 라멘

0.9%의 불운과 폭설에 갇혀 옴짝달싹하지 못하는
재난을 맞닥뜨려도 어쩔 수 없구나 싶은 이야기

처음 '진저에일'이라는 신상품이 나왔을 때다. 진저에일은
연한 갈색을 띤 음료로, 쌉싸름한 맛이 은은하게 풍겼다. 콜
라나 사이다와는 전혀 달랐다. 그 당시 고등학생이었던 나는
그렇게 진저에일에 빠져들었다.

하지만 나중에 '진저'가 영어로 생강이라는 사실을 알고 단
숨에 관심이 식어 버린 기억이 있다. 생강은 생강엿이나 생강
차처럼 노인들이 좋아할 만한 맛이라는 이미지가 있었기 때
문이다.

생강 라멘이라고 하면 역시 홋카이도 아사히카와가 유명하

다. 다큐멘터리 방송을 찍기 위해 비행기를 타고 아사히카와로 향했다. 아무리 홋카이도라 해도 12월에는 눈이 그다지 내리지 않을…줄 알았다.

그런데 홋카이도로 가는 비행기에서 오늘은 기상이 악화하면 도쿄 하네다 공항으로 되돌아갈 수도 있다는 말을 들었다. 하지만 나는 괜히 하는 말이라 생각해 가볍게 넘기고는 비행을 만끽했다. 그렇게 헤드폰을 낀 채 음악을 듣다가 그만 기내 방송을 놓치고 말았다.

창문 사이로 들어오는 강한 햇빛을 몇 번 쬐다가 아무래도 비행기가 하네다 공항으로 다시 선회하는 것 같다는 사실을 깨달았다. 눈앞에 있던 승무원이 고개를 숙이더니 눈보라가 심해 하네다 공항으로 돌아간다고 내게 알려 주었다. 아사히카와 공항은 취항률 99.1%인 곳이지만, 하필 나머지 0.9% 확률에 걸린 듯했다.

그나저나 큰일이었다. 오늘 안에 도착하지 않으면 내일 아침부터 시작될 다큐멘터리 촬영에 늦고 말 텐데. 아니, 당장 오늘 밤에 이 에세이의 일러스트를 담당하고 계신 아베 미치코 씨와 드라마 〈고독한 미식가〉 스페셜 방송에 등장한 식당 '도쿠사쿠 산시로独酌 三四郎'에 가기로 약속한 상태였다.

S 매니저가 나와 떨어진 곳에 앉은 데다 기내 와이파이도 잘 터지지 않았다. 어찌 된 일인가 싶어 휴대전화를 만지작대고 있는데 갑자기 연결이 원활해졌다. 이런 상황에서는 항공사도 와이파이 속도를 강화하나 싶었다.

이미 일 처리가 빠른 S 매니저가 홋카이도 신치토세 공항으로 가는 대체 항공편을 네 좌석이나 확보해 두었다. 하네다 공항에 도착하자마자 짐을 찾아 다시 체크인했다. 도쿠사쿠산시로 식당의 대표 메뉴인 '신코야키'영계 숯불구이는 포기해야만 하지만, 신치토세 공항에서 육로를 이용하면 어떻게든 오늘 중에 아사히카와에 도착할 수 있을 듯했다.

신치토세 공항에 도착하자마자 현지 차량 팀에서 준비한 차에 서둘러 올라탔다. 원래 2시간 정도면 갈 수 있는 거리이지만, 고속도로 통행이 금지되어 아마 늦은 밤에야 도착할 모양이었다. 뭐, 느긋하게 가자고 생각했는데 갑자기 홋카이도 중앙부의 비바이 부근에서 자동차 행렬이 멈춰 섰다.

30분, 1시간이 흘렀고 일대는 온통 눈보라로 화이트아웃눈이나 모래 등으로 인한 기상 상황 악화로 시야 확보가 불가능해지는 현상 상태였다. 국도에 갇힌 채로 옴짝달싹하지 못했다. 뉴스에서나 보던 광경이 현실이 되었다.

　새벽 1시가 넘었을 무렵, 앞쪽에 서 있던 트럭이 더 이상 기다릴 수 없었는지 중앙분리대를 넘어 무리하게 유턴을 했다. 결국 우리도 어쩔 수 없이 트럭의 뒤를 따라 줄줄이 삿포로로 되돌아갔다. 이번에도 일 처리가 빠른 S 매니저는 재빠르게 호텔 객실 5개를 확보했다. 이미 시간은 새벽 2시를 넘어가고 있었다.

　새벽 5시에 다시 출발한 우리는 아침 8시에 드디어 아사히카와에 도착해 간신히 제시간에 촬영에 들어갈 수 있었다. 모처럼 아사히카와에 왔으니 점심에는 '쇼가 라멘 미즈노生姜ラーメンみづの'의 생강 라멘을 먹자고 졸랐다. 그 자리에 아베 씨도 합류해 함께 생강 라멘을 먹고 국물까지 싹싹 비웠다. 음, 생강이 역시 몸과 마음을 훈훈하게 하는 걸까.

たべるノヲト。

땀과 함께 몸에 쌓인 독소가
빠져나오는 바람에
천장이 거무스름해진 기분이 든다

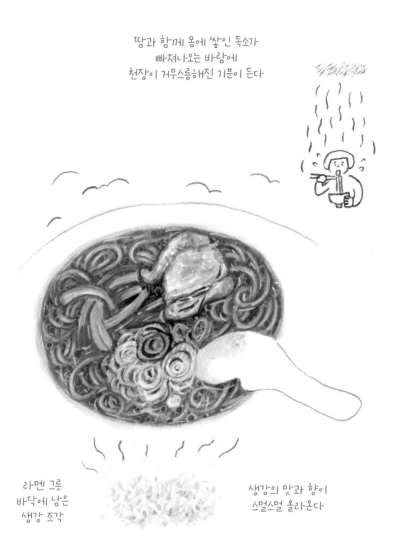

라멘 그릇
바닥에 남은
생강 조각

생강의 맛과 향이
스멀스멀 올라온다

탄멘[1]

차슈를 올려 달라는 것뿐인
간절한 바람도 거부당하다

낯선 동네에서 갑자기 허기가 져서 수상한 가게에 들어갔다고 해 보자. 최대한 실패하지 않으려면 어떤 요리를 주문해야 할까. 소바 가게라면 가츠동, 경양식집이라면 카레, 중화요리집이라면 탄멘을 주문하는 게 가장 무난하다고 생각한다.

그런데 애초에 탄멘이란 뭘까. 라멘 카테고리에 넣자니 간장이나 된장, 돼지 뼈로 국물을 내지도 않는다. 소금으로 맛

---

1 일본의 중화요리집에서 파는 면요리로, 닭 육수에 채소가 듬뿍 들어가며, 우리나라의 '울면'과 비슷하다.

을 낸 요리로 치기에는 간장이나 된장으로 맛을 내는 탄멘도 있다. 게다가 정통 라멘 가게에서는 탄멘을 팔지 않는다. 하지만 채소를 너무 안 먹는다는 죄책감에 시달릴 때면 탄멘이 그리도 먹고 싶어진다. 참 특이한 라멘이다.

가난했던 시절, 배가 고픈데 지갑에 100엔밖에 없을 때는 일단 인스턴트 라멘을 한 봉지 샀다. 남은 돈으로는 무엇을 살까. 30엔으로 숙주를 살 수 있었다. 조금 더 욕심을 부리면 '숙주와 잘 어울리는 채소 세트'를 40엔에 살 수 있었다. 숙주에 양배추와 당근 자투리를 함께 담은 봉지였다. 이것이 봉지 라멘과 기가 막히게 잘 어울렸다.

먼저 채소를 살짝 볶은 다음, 뜨거운 물과 면을 넣으면 '홈메이드 탄멘'이 완성되었다. 예상치 못한 수입이 들어왔을 때는 어육소시지까지 넣는 사치를 부렸다. 궁중팬 하나로 간편히 만들 수 있기도 해서 거의 매일 같이 먹고는 했다.

이제는 그때만큼 돈에 쪼들리지 않게 되었지만, 촬영장에서 나눠 주는 도시락을 주로 먹다 보니 영양이 불균형한 편이다. 스튜디오에서 촬영할 때만이라도 따뜻한 채소가 먹고 싶다. 그럴 때 주문하는 음식이 바로 탄멘이다. 구내식당에서 파는 탄멘이라 그리 기대치가 높지는 않지만, TBS 미도리야마

스튜디오의 식당에서 파는 탄멘은 맛있다. 그중에서도 이와사키 씨라는 분이 만드시는 탄멘이 특히 맛있다. 돼지고기와 채소를 익히는 불 조절이 기가 막힌다. 하지만 이곳은 일반인이 이용할 수 없는 곳이니 언짢게 생각하지 마시길.

얼마 전에도 대하드라마 촬영장에서 탄멘이 먹고 싶어졌다. 계속된 전투로 심신이 너덜너덜해진 상태였다. 휴식 시간에 무거운 갑옷을 벗어 던지고 식당으로 달려갔다. 식권 발매기 앞에 서니 탄멘을 먹을까 차슈멘을 먹을까 고민이 되었다. 점심도 먹지 못했으니 탄멘에 차슈를 토핑으로 추가하자. 이제 그런 사치 정도는 부려도 되지 않을까.

나는 탄멘 식권을 사서 면 요리 코너의 직원에게 차슈를 토핑으로 올려 달라고 부탁했다. 하지만 "그건 안 됩니다"라며 단박에 거절당했다. 너무 빡빡하시네. 돈으로 해결할 수 있는 문제가 아닌 모양이다.

'고기가 없는 라멘 따위는
라멘이라 할 수 없어!'
라고 생각했다

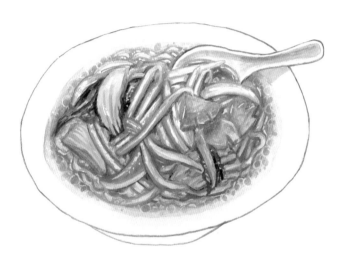

이 라멘을
먹어 보기 전까지는

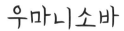

우마니소바

다들 좀 더 메추라기알에 대해
열띤 토론을 해 볼 필요가 있다

뜨거워서 도저히 먹을 수가 없었다.

가게 주인이라면 응당 손님에게 가장 맛있는 타이밍에 맞춰 음식을 내와야 한다고 생각한다. 하지만 눈앞의 접시에 넘칠 듯이 가득 담겨 나온 물체는 이상한 열기를 띠고 있었다. 한 숟갈 떠서 표면만 식혀본다 한들 내부의 온도는 떨어지지 않는다. 아마 입에 넣는 순간, 입천장이 다 까져 버릴 것이 분명했다. 대체 이걸 먹으라고 주는 건가. 나는 가게 주인을 슬쩍 째려봤다.

그리고 보니 아까 그가 조리를 마무리할 때, 무언가 수상한 흰 가루를 물에 녹여 내가 먹을 음식에 넣었다. 등을 돌린 채 아무렇지 않은 표정으로 가루를 푼 물을 손가락으로 휘휘 저어 단숨에 부었다. 그 순간부터 냄비에 들어 있던 내 요리가 어쩐지 축 늘어진 듯한 기분이 들었다. 수프가 수프이기를 포기한 것처럼. 그래, 내가 주문한 요리는 바로 걸쭉한 국물이 핵심인 '우마니소바새우, 돼지고기, 가마보코, 버섯, 채소를 볶은 다음, 걸쭉한 소스를 간장 라멘에 부어 먹는 요리'였다.

무언가 골탕을 먹고 있는 듯한 기분도 들었지만, 이 나이에 괜히 일을 시끄럽게 만들 수는 없었다. 나는 그 맹렬한 열기를 견디며 음식을 먹기 시작했다. 그러자 뭐랄까, 요령이 생기면서 그때부터 기가 막힌 맛이 느껴졌다. 나는 맨 위에 있던 메추리알 하나만 남긴 채, 우마니소바를 정신없이 흡입했다. 마지막까지 남겨 둔 메추리알은 내게 주는 상이자 우마니소바의 꽃이다. 메추리알을 혀로 굴리다 보니 무언가가 더 먹고 싶어졌다. 결국 추가로 '주카동중화덮밥'을 시켜 버렸다.

주문을 받은 주인이 조리에 들어갔다. 그러더니 이번에도 마지막에 슬그머니 아까처럼 흰 가루를 넣었다. 그렇게 나온 음식을 본 나는 어이가 없었다. 이건 앞서 내가 주문한 '우마니소바'가 아닌가. 장난도 적당히 치라고 말하려는데, 음식을 담은 그릇이 미묘하게 차이가 났다. 아까보다 그릇이 더 얕았다. 위에 올라간 소스는 똑같았지만, 숟가락으로 뜨자 밥이 보였다. 아니, 이렇게 비슷한 요리라면 아까 주문할 때 설명이라도 좀 해 주지.

애초에 둘 다 이름이 애매했다. 대체 누가 여기에 '주카동'이라는 이름을 붙인 거야. 해외에 나갔는데 '일본덮밥' 같은 요리가 있다면 웃기잖아. '우마니소바'라는 이름도 너무 단순하다고. 맛있다는 뜻의 '우마이'를 익히다라는 동사 '니루'를 붙여 만든 이름이라니, 요리는 맛있게 익히는 게 당연하잖아. 정작 요리 자체에 대한 설명은 전혀 없다고. 게다가 올라가는 재료가 같다면 '주카'와 '우마니'가 다를 것도 없지 않나.

나는 툴툴대면서도 주카동을 단숨에 비웠다. 같은 재료가 올라가도 역시 면과 밥은 식감이 달랐다. '정체를 알 수 없는 흰 가루'라는 반칙 기술을 쓰기는 했지만, 역시 맛있는 가게였다. 게다가 주카동에는 메추리알이 두 개나 들어 있었다. 이게 웬 횡재냐! 주인이 이쪽을 보며 눈을 찡긋했다. 다음에는 '앙카케 야키소바'^{고기와 채소를 넣은 볶음면인 '야키소바' 위에 걸쭉한 소스를 얹은 요리}를 주문해야지.

메추리알이라고 하면
역시 메추리알 피단¹이지

따끈따끈한 흰죽에 피단을 올리고,
참기름과 소금을 솔솔 뿌려
살살 섞어 먹으면
정말 맛있다

1 오리알을 석회 따위가 함유된 진흙과 왕겨에 넣어 삭힌 중국 요리

나폴리탄 스파게티

꼭 흰색 셔츠를 입고 온 날에
스파게티를 먹게 된단 말이지

미국 서부영화를 이탈리아인이 만들었더니 〈황야의 무법자〉 같은 걸작들이 탄생했다. 이처럼 기존 미국 서부영화의 틀을 깬 1960~70년대의 이탈리아산 영화를 '마카로니 웨스턴'이라고 한다.

미이케 다카시 감독은 이러한 발상을 일본에 적용해 '스키야키 웨스턴'이라는 이름을 짓고, 〈스키야키 웨스턴: 장고〉라는 작품을 만들었다. 출연 배우들이 전부 영어로 대사를 한 독특한 작품이었다. 촬영에 들어가기 몇 달 전부터 영어 개인 교습까지 받으며 만반의 준비를 마친 나는 촬영지인 야마가타 현 쓰루오카 시로 향했다. 산을 개간해 만든 넓은 쇼나이 지역에 오픈 세트가 세워졌고, 우리는 신나게 영어로 서부극 놀이를 즐겼다.

처음 방문한 이 도호쿠 지방의 동해 연안 마을에서 나는 음식과 관련된 문화적 충격을 여러 번 받게 되었다. 촬영은 가을부터 겨울까지 진행되었다. 아무리 야마가타라고 해도 9월은 더웠다. 우리는 갈증을 풀기 위해 시내로 우르르 몰려 나갔다가 맥주와 함께 나온 '에다마메짭짤하게 삶은 풋콩'를 보고 깜짝 놀랐다. 일단 이제껏 먹은 에다마메와는 압도적으로 향이 달랐다. 그리고 입에 넣은 순간 은은한 단맛이 느껴졌다. 짭짤하게 간이 밴 콩이 맥주와 함께 목구멍으로 넘어갔다.

지금으로부터 15년 전, 이제는 도쿄에서도 구하기 힘들어진 '다다챠마메'[1]를 처음 먹어 본 감동적인 순간이었다. 날이 점차 추워지자 쇼나이 지역에서 수확한 감인 '쇼나이카키'에도 마음을 빼앗겼다. 또 어찌나 맛있는 돈가스집이 있던지, 나중에야 그곳이 '히라타보쿠조平田牧場'라는 사실을 알았다.

하지만 그중에서도 가장 잊지 못하는 음식은 야마가타 현

---

1 야마가타 현 쓰루오카 시의 재래종 콩으로, 단맛과 강한 향이 특징이다.

쇼나이 공항에 있는 카페에서 먹은 나폴리탄 스파게티다. 장기간 촬영을 하다 보니 배우들은 도쿄와 쇼나이를 몇 번씩 오가야 했다. 그런데 쇼나이는 강풍이 불어 비행기가 뜨지 못할 때가 종종 있었다.

그런 상황에서도 나는 작은 공항 안에 있는 조그마한 카페의 나폴리탄 스파게티만 있으면 괜찮았다. 그곳의 나폴리탄 스파게티는 비엔나소시지와 양파, 피망 그리고 면(일부러 '파스타'라고 적지 않았다)을 케첩으로 볶았다. 전체적으로 재료를 눌어붙을 정도로 바싹 볶았는데, 오히려 그래서인지 식감이 절묘했다. 그야말로 야키소바의 장점까지 더한 '재패니즈 이탈리안'이었다. 아, 지금도 먹고 싶다.

드디어 영화 〈스키야키 웨스턴: 장고〉가 완성되었다. 하지만 영어 대사를 읊는 내 발음은 큰 비난을 받았고, 미국에서는 자막을 단 채로 상영되었다. 결국 스키야키 웨스턴이라는 용어도 정착하지 못한 채 이제는 잊히고 있다.

전해 듣기로 쇼나이 공항의 그 작은 카페는 조용히 문을 닫았다고 한다. 참고로 '마카로니 웨스턴'은 일본식 표현으로, 원래 영어로는 '스파게티 웨스턴'이라고 하는 모양이다.

푹신푹신하고 말랑말랑한 핫도그 빵 사이에
푹 삶은 면에 케첩을 듬뿍 넣어 볶은
나폴리탄 스파게티를 담으면 맛이 끝내준다!
(하드 계열 빵에 알 덴테로 익힌 면을 넣어 본 적은 없다)

5장 밥·국물 요리

질냄비[1] 밥

만반의 준비를 하고 질냄비 안에서
고운 자태를 드러내는 주인공

드디어 밥에 관한 이야기다. 코미디언이나 연예인뿐만 아니라 프리랜서로 일하는 모든 사람이 가장 먼저 도달해야 하는 지점은 '그 일로 먹고살 수 있게 되는가'이다. 화폐를 사용하는 오늘날에도 여전히 이 말에는 녹봉으로 쌀을 받던 시대의 흔적이 남아 있다.

나는 삼십 대 중반까지도 '밥벌이'를 제대로 하지 못했지만, 그때도 어떻게든 밥은 얻어먹고 살았다. 우리 극단에 쌀집 아

---

1 진흙으로 빚어서 구워 만든 냄비

들이 있었던 것이다. 그 친구가 지어 온 흰쌀밥만 있으면 연출가의 독설도 견뎌 낼 기운이 났다. 여기에 츠쿠다니[일본의 전통 조림 반찬] 가게 아들이었던 배우 카츠무라 마사노부가 들고 오는 보리새우 조림은 정신력마저 키워 주었다. 입에 간신히 풀칠이나 하며 살던 와중에도 그들 덕분에 꿈을 포기하지 않을 수 있었다.

그렇게 1~2년 묵은쌀, 때로는 그보다 더 오래된 쌀을 먹으며 버티다 드디어 이 일로 먹고살 수 있게 되었다. 그러자 좀 더 맛있는 밥을 먹고 싶다는 욕망이 생겨났다. 때는 바야흐로 각종 브랜드 쌀이 시중에 나오고, 고가의 밥솥 판매량이 증가하기 시작할 무렵이었다.

어느 날, 한 배우에게 받은 주먹밥이 유난히 맛있었다. 그 배우가 말하기를 밥솥을 바꿨더니 밥맛이 달라졌다고 했다. 지금은 찾아보기 힘든 '산요'라는 업체의 제품이었는데, 잘은 모르겠지만 '솥의 신'이라 불리는 개발자가 있었다고 한다. 바로 사 보니 정말 밥이 맛있었다. 그때부터 꽤 오랫동안 잘 썼다. 하지만 고장이 나서 새로 사려고 했더니 회사도, 솥의 신도 사라져 버렸지 뭔가. 그 후로 한동안 이 밥솥 저 밥솥을 전전했다. 이거다 싶은 밥솥을 찾지 못해 반쯤 포기하고 있었다.

그러던 어느 날, '가게쓰^{華月}'라는 업체의 질냄비가 집에 도착했다. 크라우드펀딩을 통해 지방의 제조업체를 응원하는 사이트와 함께 〈마츠시게 견문록〉이라는 프로그램을 진행하게 되었는데, 다음 방송에 소개할 제품이라고 했다. 보내 준 냄비는 밥을 지을 수 있는 질냄비였다. 일단 열어 보기는 했지만, 밥 짓는 법이 어려울 것 같아 현지에 가기 전까지는 그대로 두자고 생각했다.

그런데 다음 날 아침에 아내가 재미있을 것 같으니 밥을 지어 보자고 했다. 방법도 매우 간단하다면서. 질냄비에 잘 씻은 쌀과 물을 넣고 중불에 7~8분 정도 올렸다가 김이 나면 30초 후에 불을 끄고 그대로 뜸을 들이기만 하면 되었다.

다 된 후에 뚜껑을 열자 마치 고급 료칸^{일본의 전통적인 숙박시설}에 나올 법한 밥이 보였다. 밥알이 세로로 서 있는 모습을 집에서는 처음 봤다. 씹어 보니 단맛이 터져 나왔다. 식어도 밥알이 여전히 고소했다. 예전에는 조연이 있어야 빛나는 주인공처럼 밥도 반찬이 있어야 맛있다고 생각했는데, 그 후로는 밥맛 자체를 음미하는 게 행복해졌다.

질냄비로 지은 밥은
따끈따끈할 때도 물론 맛있지만
식어도 맛있는 것 같다

단무지와 붙어 있던 부분이
또 그렇거나 맛이 있단 말이지…

인도 카레

어떤 여행의 추억도 하네다 공항에 도착해
로비에서 카레 냄새를 맡는 순간 사라진다

환갑이 넘으니 일어나거나 잠자리에 드는 시간뿐만 아니라,
밥이나 간식을 먹는 시간, 산책이나 독서를 하는 시간까지 매
일 정해진 일과를 따르게 된다. 젊었을 때야 죽어라 마시고
먹어댔지. 첫차가 올 때까지 술을 퍼 마시고는 마무리로 '후지
소바富士そば'에서 고로케 우동을 먹었더랬다. 마음만 먹으면 플
랫폼에서든 전철 안에서든 그대로 곯아떨어졌다.

하지만 이제는 무리다. 사는 곳이나 먹는 음식, 입는 옷이
엉망이어도 그다지 신경 쓰지 않았다. 예전에는 그랬다. 하지
만 이제는 정해 놓은 자리에 정해진 물건이 있어야 하고, 정리

정돈을 하지 않으면 마음이 안정되지 않는다. 이런, 이거 완전히 성질 고약한 영감이 되었지 않은가. 고정관념에 갇혀서는 나 자신이 허용할 수 있는 범위의 것들밖에 인정하질 못한다.

우동은 한자로 '밀국수 온饂' 자에 '경단 돈飩' 자를 붙여 '온돈饂飩'이라고 하는데, 그 말이 '혼돈混沌'에서 비롯되었다는 설도 있다. 굳어 버린 머리를 풀기 위해 혼돈에 몸을 맡겨 보자. 역 앞에 있는 후지소바로 향한다. 대표 메뉴인 고로케 우동이 있다. 이 글을 쓰는 지금은 500엔짜리 동전 한 닢 정도면 먹을 수 있다.

어, 잠깐만. 면과 국물, 고로케만 든 이건 그다지 혼돈하지 않은데. 이건 내가 추구하는 구원이 될 수 없지. 이런 때일수록 부처님의 지혜를 빌려야 하지 않을까 하여 부처님을 떠올려 봤다. 그러자 서쪽에서 부처님의 땅인 인도의 바람이 불어왔다. 그 바람에는 어째서인지 카레 냄새가 스며들어 있었다.

요즘 나는 인도 남부 지방의 카레에 흠뻑 빠져 있다. 커다란 금속 쟁반에 작은 금속 접시 여러 개가 놓여 있다. 접시에는 몇 가지 카레 외에도 된장국과 비슷하게 생긴 음식이나 하얗고 달콤한 음식, 그리고 감자샐러드를 닮은 음식 등이 담겨 있다. 일곱 가지 정도 되는 알록달록한 음식이 가지런히 놓여 있다. 한가운데에는 밥알이 홀홀 날리는 밥이 있고, 그 위에 얇은 전병이 올라가 있다. 이렇게 차려진 요리를 '밀스Meals'라고 하는데, 채소만 사용한 '베지Veg'와 고기가 들어간 '논베지Nonveg'로 나뉜 곳이 많다.

이러한 밀스가 눈앞에 나타나면 융통성이라고는 없는 내 머릿속은 온통 뒤죽박죽되어 버린다. 그러다 이내 작은 접시를 하나씩 뒤적이기 시작한다. 여러 종류의 카레를 따로따로 먹어도 물론 맛있지만, 나는 곧바로 카레들을 섞어서 내 마음대로 맛을 바꿔 버린다. 된장국처럼 생긴 음식도 섞어 버리고, 전병도 찢어서 섞는다. 식감과 미각 모두 이미 내 상상력을 초월한 지 오래다. 당연한 건 아무것도 없다. 매운맛이 머리를 강타한다. 온갖 것이 뒤섞인 혼돈 속에서 새로운 내가 탄생한다. 그런 기분이 든다.

서서 먹는 소바 가게에서

그날의 기분에 따라
섞어 먹기도 하고,
그냥 먹기도 한다

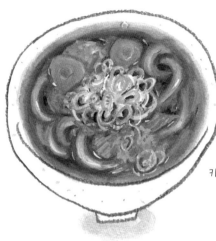

가케우동에
카레 소스를 끼얹은
'카레 우동'

오랜만에 간 김에
주문한 게소동 오징어 다리 튀김 덮밥

이제는 우동과 덮밥을
다 먹기가 쉽지 않지만
가끔은 시키고 싶다

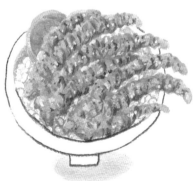

태국 카레

이름 모를 머나먼 섬에서 떠내려 온
야자열매 카레와 그 접시여[1]

　많은 과자 중에서도 유독 그때 그 시절부터 돋보이던 닛신의 '코코넛 사브레'는 아이들이 소풍날 싸 가는 그런 과자가 아니라, 엄마가 주방 선반 깊숙이 숨겨 두었던 고급 과자였다. 입 안에서 부서질 때면 이국적인 향이 은은하게 퍼졌다. 한 개를 입에 넣는 순간 자꾸만 손이 가는 중독성이 있었다. 대체 이 향은 뭐지? 그때는 그 향이 과자 표면에 묻어 있던 하얀 무언

1　일본의 시인 시마자키 도손의 시 〈야자열매〉의 첫 구절인 '이름 모를 머나먼 섬에서 떠내려 온 야자열매 하나'를 딴 제목이다.

가에서 풍긴다고는 생각하지 못했다. 어린 마음에 그저 자꾸만 먹게 되는 위험한 과자라고 인식하게 되었다.

그러다가 처음 태국에 갔을 때의 일이다. 물론 촬영 때문에 가게 되었다. 그때는 1984년생인 배우 이쿠타 토마 군이 중학생이던 시절로, '태국 음식점'이라는 말도 아직 쓰이지 않던 옛날의 이야기다.

촬영 중에는 줄곧 밥차가 따라와 태국인 요리사가 점심과 저녁을 만들어 주었다. 매번 메인 메뉴는 카레였는데, 이게 정말 맛있었다. 향의 위력이 어마어마했다. 코코넛밀크와 고수가 내뿜는 향이 어린 시절 먹었던 그 위험한 과자 코코넛 사브레를 연상시켰다. 카레는 때로는 빨갛거나 노랗거나 심지어 녹색을 띠기도 했다. 매콤했지만 단맛도 느껴졌다. 카레마다 풍미가 달라 전혀 질리지 않았다.

촬영이 없는 날에도 불쑥 카레가 먹고 싶어졌다. 그럴 때는 '쿠폰'이라 불리는 포장마차 스타일의 푸드코트에 자주 갔다. 길거리에 있는 포장마차는 태국어로 적힌 메뉴를 읽지 못해 주문하기가 어려웠지만, 빌딩 안에 있는 이 거대한 푸드코트는 이런저런 음식을 골라 먹을 수 있었다.

다음 날에는 함께 출연한 배우 오스기 렌 씨에게도 권해 보았다. 둘이서 신나게 떠들어대며 갖가지 음식을 먹으러 다녔다. 매운 음식을 먹고 잔뜩 흥이 오른 우리는 같은 건물에 있던 도자기 가게에 가서 이국적인 식기에 감탄하며 이것저것 사댔다.

둘 다 일본에서는 무섭게 생긴 배우라는 이미지가 강했던 시절이었지만, 해외에 나가 잔뜩 신이 난 모습은 아주머니들 같았다. 각자 두 상자 분량의 식기를 챙겨 나리타까지 가져온 우리 두 사람은 마치 '운반책' 같았다. 위험한 모습이었다.

태국에서 돌아온 뒤에도 한동안 코코넛밀크가 들어간 태국 카레가 먹고 싶어져서 이곳저곳을 가 봤지만, 어디나 묘하게 일본식으로 변화를 주어 본고장의 맛을 제대로 느낄 수 있는 가게를 찾지 못했다.

그러다 일본에 태국 카레 열풍이 불기 시작했고, 점차 도쿄에서도 맛있는 태국 카레를 먹을 수 있게 되었다. "하지만 뭔가 다른 느낌이 든단 말이지요." 나는 태국에서 사 온 식기에 레토르트 카레를 부으며 렌 씨에게 말했다.

해외에 대한 동경과
귀여운 디자인 때문에 샀던
코코넛밀크를 비롯한 각종 통조림

이건 금세
마셔 버렸다

음…
이걸 언제 따지?

홍콩식 죽

이소룡도 빈혈기가 있을 때
즐겨 먹었을 마계의 음식

죽에는 그다지 좋은 기억이 없다. 예전에는 죽을 먹는다는 건 곧 몸 상태가 좋지 않다는 뜻이나 마찬가지였던 것 같다. 이른바 '환자식'이었다. 열이 나거나 배가 아플 때면 어째서인지 죽을 먹어야만 했다. 식감이나 넘어가는 느낌이 별로였는지, 아니면 애초에 몸 상태가 좋지 않아서였는지는 모르겠지만, 평소에 죽이 생각나서 먹는 일은 없다.

해마다 1월 7일 아침에 나나쿠사가유^{일곱 가지 채소로 만든 죽}를 먹는 풍습도 마찬가지다. 정초에 오세치 요리와 오조니를 먹으며 입안이 차분해졌으니 이제 연휴가 끝난 뒤에는 소스나 치즈, 마요네즈로 마음을 어지럽히고 싶지 않은가. 이 타이밍에 군이 왜 죽을 먹는 건가. 몸 상태도 더할 나위 없이 좋은데, 차라리 고기를 먹으러 가고 싶어질 정도다.

채소가게에 놓여 있는 일곱 가지 채소 세트를 봐도 계절감은 느껴질지언정 그다지 끌리지는 않는다. 일부러 1월 7일에 챙겨 먹고 싶지는 않다. 봄에 나는 일곱 가지 채소 미나리, 냉이, 떡쑥, 별꽃, 광대나물, 순무, 무. 이름을 외우는 재미는 있을지 몰라도 입에 넣기는 좀 망설여진다. 무도 무청이 아니라 뿌리 부분을 조림으로 먹는다면 낫겠지만.

그런데 어느 날을 기점으로 죽에 대한 나의 개념이 뒤집혔다. 홍콩에 공연하러 갔을 때의 일이었다. 호텔 조식은 특별할 것이 없기에 거리로 나가 봤더니 이곳저곳에 죽 노점이 즐비했다. 커다란 들통에서 구수한 냄새가 풍겼고, 현지인들이 맛있다는 듯 먹고 있었다.

말이 잘 통하지 않아서 손짓까지 해 가며 죽 한 그릇을 주문해 자리에 앉았다. 죽은 그냥 죽이었지만, 기름에 튀긴 커다란 빵처럼 생긴 것이 올라가 있었다. 숟가락으로 떠 보니 안에 닭고기도 들어 있어 좋은 냄새가 났다. 입에 넣었다가 깜짝 놀랐다. 국물이 끝내줬다. 환자식으로 나오는 그런 죽이 아니었다. '요우티아오'라는 이름의 튀긴 빵도 깊은 맛을 내는 데다 국물을 머금고 있어 마치 라멘 한 그릇을 먹은 듯한 만족감이 느껴졌다. 그때부터 홍콩에 머무는 동안 아침에는 늘 죽을 먹었다.

마지막 날 아침에는 죽을 먹기 위해 카오룽 지역까지 나가보았다. 그 당시 겁 없는 이십 대였던 나는 중국에 반환되기전, 마계와도 같던 홍콩의 심부에 발을 들여놓았던 것이다. 그곳에서 어느 죽집에 들어가 적당히 주문을 했다.

하지만 음식이 나오자 나는 기겁하고 말았다. 시뻘건 생간처럼 생긴 것들이 잔뜩 들어 있는 죽이 나온 것이다. 그 순간겁이 났지만, 내 주위로 특이한 음식을 먹는 외국인을 구경하려는 사람들이 모여들기 시작했다. 머뭇거리다 한 입 먹자 피맛과 냄새가 났다. 그렇다고 이대로 남겼다가는 놀림감이 될게 뻔했다. 나는 마음을 단단히 먹고 죽을 끝까지 싹 비웠다. 그런 나를 보며 사람들이 히죽거렸다. 마치 홍콩 영화의 한 장면을 보는 것 같았다.

나중에 알게 된 사실이지만, 그 음식은 돼지 피를 굳혀 만든 젤리로, 현지에서는 영양식으로 유명한 모양이었다. 아, 역시 내 입맛에는 죽이 잘 맞지 않는지도 모르겠다.

물에 불린 말린 관자를 넣고

세 시간 동안 끓인
주카가유干貝白粥가
맛있다

걸쭉하다

텐신항[1]

간토 지방과 간사이 지방에서 사용하는 소스가 다른 모양인데,
향후 검증이 필요하다

과거 시모키타자와가 '연극의 거리'였듯 시부야 또한 연극의
중심지였다. 아오야마 원형 극장, SPACE PART 3, 시드홀, 그리
고 옛 파르코 극장까지. 그중에서도 가장 추억이 서린 곳은 시부
야 고엔도리의 지하에 있었던 '시부야 장장'이라는 소극장이다.

지하 주차장으로 내려가는 길에 세워진 극장이었기에 객석
이 불규칙했다. 그곳에서 배우 나카무라 노부오 씨가 매주 금
요일 밤 10시에 프랑스의 극작가 외젠 이오네스코의 부조리극

---

1 밥에 중국식 게살 오믈렛인 푸룽셰를 얹고 걸쭉한 소스를 부은 일본식 중화요리

을 펼쳤다. 일흔 살이 넘은 명배우의 실험극을 눈앞에서 볼 수 있던 시부야라는 거리의 넓은 도량. '서브컬처^{하위문화}'라는 말도 없던 시절이었지만, '카운터컬처^{지배 문화에 대항하는 하위문화}'라고 부를 만한 문화의 향취가 진동했다.

이제 시부야 일대는 옛 모습이 점차 사라지고 있지만, 텔레비전에 시부야의 스크럼블 교차로가 나올 때마다 '그 가게'의 존재를 확인하며 조금 안심한다. 솔직히 말해 한번도 산 적은 없는 '텐신 아마구리'². 하지만 내가 기억하는 한 그 가게는 줄곧 그 자리에 있었다. 그리고 늘 구수한 냄새를 풍겼다.

연극에 몰두했던 청년 시절에는 단밤을 선뜻 사 먹을 만큼 형편이 넉넉하지 않았다. 게다가 밤을 꽤 좋아하는 편이었는데도 언젠가 꼭 저 단밤을 잔뜩 사고야 말겠다는 야망을 품지도 않았다. 도쿄에 산 적이 있는 사람이라면 한 번쯤 봤을 법한 가게지만, 실제로 그곳에서 밤을 산 사람이 있다면 한번 손들어 보기 바란다.

아니, 그보다 텐신이 어디야. 중국 어느 언저리에 있나? 텐신이 어딘지는 나중에 알아보기로 하고, 요즘 들어 피로가 쌓

---

2 '텐신^{天津}'은 중국의 도시 '톈진'의 일본식 발음, '아마구리^{甘栗}'는 약단밤

인 탓인지 날이 더운데도 몸이 으슬으슬하다. 이럴 때는 중화 요리를 먹어 줘야지. 오늘은 평소에 주문하지 않는 메뉴에 도전해 볼 생각이다.

말은 그렇게 해도 입맛이 꽤 보수적인 편이라 내가 주문하는 요리는 거기서 거기다. 마파두부와 중국식 게살 오믈렛인 푸룽셰를 주문했다. 하지만 이건 아무리 생각해도 밥이 당기는 조합이다. 나는 곧바로 공깃밥을 시켰다. 잠시 후 나온 푸룽셰를 소스째 밥에 얹어 한입 가득 넣었다. 맛있구나, 텐신 항! 잊고 있던 기억이 되살아났다. 내가 이걸 좋아했지. 새콤달콤한 소스에 보들보들한 달걀이 내는 부드러운 단맛. 그리고 은은한 바다향과 게살의 식감. 한가득 먹고 싶은 정도는 아니지만, 한 숟갈 떠서 목으로 넘기는 순간의 행복함을 잊고 있었다. 텐신항, 맛있다. 여기 또 '텐신' 이야기가 나오네.

겸사겸사 사 온 단밤을 먹으며 찾아보니 텐신 아마구리나 텐신항 모두 중국 텐신이 고향이 아니라고 한다._{일본에 들어오는 '밤' 은 중국 북부의 허베이성에서 생산되지만, 집산지가 텐신이라 '텐신 아마구리라 불리게 되었다} 여러 가지 설이 있는 모양이지만, 자세히는 모르겠다. 이런 일이 종종 있지. 한데 이 단밤을 사 온 세이조가쿠엔마에 역 근처의 단밤 가게도 꽤 역사가 깊어 보인다.

몽글몽글한 달걀과 참기름,
새콤달콤한 소스로…
대충 만들어 본 텐신항

어릴 적에는

아버지께서
한가득 발라 주신 털게살

파, 달걀

학창 시절에는   +   달걀만

요즘은

게맛살   +   파, 달걀

고모쿠 솥밥[1]

'올인원'이라는 말에 홀딱 넘어가
한 가지에 집중하지 못하는 나약함

내 이름 '마츠시게 유타카^{松重豊}'의 성인 '마츠시게^{松重}'는 매우 드문 성씨는 아니지만, 같은 성을 쓰는 사람을 만나는 일이 흔치 않다. 오히려 한자의 순서가 반대인 '시게마츠^{重松}'라는 성을 쓰는 사람이 의외로 많은데, 소설가 시게마츠 기요시^{重松清} 씨와는 성도 비슷한데 이름도 세 글자라서 사람들이 혼동할 때가 있다. 이제는 병원이나 관청에서 "시게마츠 씨!"라고 불려도 아무런 저항 없이 대답할 수 있을 만큼 내성이 생겼다.

---

1 생선·채소·고기 등 여러 재료를 넣은 솥밥

하지만 장어집을 갈 때는 꽤 높은 빈도로 발음은 다르지만 내 성과 같은 한자를 마주친다. 메뉴판에 적힌 마츠주^{松重} 5,000엔, 그다음 다케주^{竹重} 4,000엔, 그다음으로 우메주^{梅重} 3,000엔이라는 식으로 말이다.[2] 장어집의 엄격한 계층 구조에서 맨 꼭대기에 내 성^{松重}이 자리해 있기는 하지만, 손님이라면 그 근거를 점원에게 물어야 한다. "이 세 가지의 차이가 뭔가요?"

여기서 점원이 "장어의 품질이 차이 납니다"라고 대답한다면 보나 마나 가장 비싼 '마츠주'가 압도적으로 인기가 많아질 것이다. 일년에 한 번 부리는 호사인데, 돈을 아껴서야 쓰나. 하지만 이때 점원들은 대부분 정직하게 "장어의 양이 차이 납니다"라고 대답한다. 다케주가 장어 한 마리, 마츠주가 한 마리 반 정도라고 들으면 여성 손님들은 대부분 장어의 양이 상대적으로 적은 우메주나 다케주로 마음이 옮겨 갈 것이다. 뭐, 장어도 죽고 나서 관 안에 다른 장어의 하반신과 함께 들어간다면 기분이 좋지는 않겠지.

장어만큼 호사스러운 음식은 아니지만, 가끔 먹고 싶어지는 게 바로 솥밥이다. 이제 술은 마시지 못하지만, 가끔 닭꼬

---

2 마츠주의 '마츠'는 소나무, 다케주의 '다케'는 대나무, 우메주의 '우메'는 매화를 뜻한다. '주'는 장어 덮밥인 '우나주'의 '주'를 딴 것이다.

치가 먹고 싶을 때가 있다. 그럴 때 솥밥을 지으면 기다리는 동안 당당히 무알코올 맥주와 함께 꼬치를 맛볼 수 있다. 바로 그 솥밥의 메뉴 선정에 대한 오랜 과제를 말씀드리고 싶다.

솥밥은 다 지어질 때까지 수십 분이 걸리므로 가게에 들어와 처음 주문할 때 미리 말하는 경우가 많다. 그렇다는 건 가장 배고픈 상태에서 재료를 골라야만 한다는 뜻이다. 기본적인 닭고기 소보로닭고기를 간장 양념에 볶아 잘게 찢은 것 외에도 죽순·산나물·연어·연어알 혹은 붕장어나 바지락 같은 재료도 있다. 자꾸만 망설이다 여러 재료가 섞인 '고모쿠五目'라는 두 글자에 시선이 고정되었다. 잠깐, 그 옆에 더욱 다양한 재료가 들어가는 '조고모쿠上五目'라는 것도 있다. 점원에게 자세히 물으려니 창피한 기분이 들어 그만 "조고모쿠 솥밥이요!"라고 불쑥 외치고 말았다.

닭 꼬치와 샐러드, 튀김 같은 걸로 배가 거의 다 차 버린 상태에서 재료가 잔뜩 올라간 솥밥이 등장한다. 솥밥은 닭고기 소보로와 함께 가장자리에 눌어붙은 밥을 긁어 먹는 것이 최고인데, 똑똑히 기억하고 있자. 다음에 올 때는 무조건 '닭고기 솥밥'을 시켜야지. 하지만 또다시 '고모쿠'라는 글자에 시선이 끌리고 만다.

소박한 닭고기 솥밥의
누룽지를 긁어 먹는다

아, 정말 행복해

유부 된장국

아마쿠사 시로[1] 덕분에 오늘도
된장국을 맛있게 먹을 수 있구나

도쿄에서 신칸센 노조미를 타고 두 시간 정도 달려 오사카가 있는 간사이 지역에 도착하자 에스컬레이터의 한 줄 서기 방향이 오른쪽으로 바뀌었다.[2] 별생각 없이 왼쪽에 멍하니 서 있다가 다른 사람들에게 폐를 끼치고 말았다. 요즘은 에스컬레이터를 걸어서 올라가는 게 금지되어 있지만, 출퇴근 시간에는 어쩔 수 없나 보다.

---

1   16세의 나이에 박해받던 가톨릭 신자들과 결의해 '시마바라의 난'을 일으킨 인물
2   도쿄를 포함한 간토 지역은 한 줄 서기 방향이 왼쪽이다.

참고로 여우를 가리키는 '키츠네'와 너구리를 가리키는 '타누키'의 뜻이 달라지는 점도 놀랍다. 도쿄를 포함한 간토 지역에서는 우동이나 소바에 유부가 올라간 것을 '키츠네'라고 하고, 튀김 부스러기인 '덴카스'가 올라가는 것을 '타누키'라고 한다.

하지만 간사이에서는 유부가 올라간 우동을 '키츠네', 마찬가지로 유부가 올라간 소바를 '타누키'라고 부른다. 또 양념하지 않은 유부를 잘게 잘라 올리는 '키자미'라고 하는 토핑도 있어 상당히 혼란스럽다. 그런데도 장국을 듬뿍 머금은 달달한 유부가 먹고 싶어서 오사카에 도착하면 곧장 우동 가게로 향한다. 오, 그만 유부초밥까지 주문해 버렸네. 키츠네 우동에 유부초밥이라. 유부가 겹쳐 버리지 않았나.

몇 년 전 규슈에 여행 프로그램을 촬영하러 갔을 때의 일이다. 오래된 민가를 개조한 세련된 일식집에서 밥을 먹었다. 당연히 맛있었지만, 그중에서도 된장국에 들어 있던 유부에 그만 감탄하고 말았다. 하지만 유부는 그 지역 특산품도 아니어서 방송에서는 그냥 지나가고 말았다.

그런데 얼마 전 후쿠오카의 지고쿠 지방에 일하러 갔다가 민박집에서 조식으로 나온 된장국 속 유부를 먹고는 또다시 탄성을 터뜨리고 말았다. 향이며 식감이며 간까지 모두 절묘했던 것이다. 물어보니 여기서 남쪽에 있는 구마모토^{곰 마스코트 '구마몬'으로 유명} 지역의 특산품인 '난칸아게'라는 튀김두부라고 했다. 내가 꼬치꼬치 캐물었더니 감사하게도 난칸아게를 조금 나눠 주셨다. 이건 보통 유부와는 달리, 건조식품처럼 장기보관이 가능했다.

집에 돌아와 된장국에 넣어 보자 그 맛을 똑같이 재현할 수 있었다. 여러 방법을 시도해 보았는데, 특히 가지와 잘 어울렸다. 가지 자체가 튀김의 기름을 빨아들이며 서로 잘 어우러진 채 된장국에 잠겼다. 집 근처 슈퍼마켓에서도 난칸아게와 비슷한 '마쓰야마아게'를 팔고 있었다.

알아보니 기원은 같은 모양이었다. 시코쿠 섬에서 가장 큰 도시인 마쓰야마에 살던 사람이 '시마바라의 난^{1637~1638년에 일어난 가톨릭교도의 반란 사건}'으로 인구가 감소한, 구마모토 현 북서쪽에 위치한 난칸 지역에 이주해 와서 퍼뜨렸다나. 아니, 그럼 거의 400년 전 일인데. 어째서 일본 전역에 퍼지지 않았는지 신기하다. 어쨌거나 나는 이제 이 유부 없이는 살 수 없게 되었다. 도쿄에 파는 곳이 어디 없을까, 있었다! 긴자의 구마모토관에 있었다. 유부 하나를 사겠다고 구마몬을 만나러 긴자로 발걸음을 옮긴다.

쑥갓과 술지게미를 넣은
된장국으로

폭신폭신 쭉쭉~

내가 정말 좋아하는 조합

난칸아게

어니언 그라탱 수프

마릴린 먼로가 사랑한 야구선수와
패밀리 레스토랑의 양파 수프

스파이스 카레^{카레 가루를 쓰지 않고, 향신료로 만드는 카레} 만들기에 한창 푹 빠져 있을 때 카레의 맛을 결정하는 것은 향신료의 배합보 다 양파를 볶은 정도에 달려 있다는 생각이 들었다. 양파를 태우지 않고 갈색빛이 돌 때까지 천천히 볶아야 한다. 정성과 끈기가 필요한 작업이다.

카레의 맛을 좌우하는 것은 양파다. 된장국조차도 양파를 넣어 단맛을 내면 먹었을 때 마음이 푸근해지고, 규동도 소 고기보다 양파가 더 많이 들어가는 편이 식욕을 더 자극하는 것 같다. 탕수육의 숨은 주역도 양파라고 하면 너무 과할까.

후쿠오카에서 자란 내게는 이제는 '로얄 호스트'라는 이름으로 불리는 레스토랑에서 양식을 먹는 것이 1년에 한 번 있는 즐거움이었다. 패밀리 레스토랑이라는 말도 아직 없던 시절에 나이프와 포크로 햄버그스테이크를 먹는 기념할 만한 날. 어린이의 마음을 유난히 설레게 했던 사이드 메뉴에 어니언 그라탱 수프가 있었다.

살짝 그을린 접시 바닥에 보이는 흐물흐물한 양파 그리고 말랑말랑한 빵 위에 올라간 따끈따끈한 치즈. 겉모습은 별로였지만, 얼른 먹고 싶었다. 조급한 마음을 참지 못했다가는 입천장을 데고 말 것이다. 하지만 알면서도 해마다 집에 돌아오는 길에는 입천장이 흐물흐물해지고는 했다.

'로얄 호스트'라고 하면 누구나 다 아는 패밀리 레스토랑 체인이지만, 원래는 후쿠오카의 프렌치 레스토랑 '로얄'이었다. 1954년에 신혼여행으로 이 지역을 방문한 마릴린 먼로와 조 디마지오가 이곳의 어니언 그라탱 수프를 마음에 들어 하며 3일 연속으로 먹어 유명해졌다고 한다.

아니, 잠깐. 마릴린 먼로라면 VIP 중에서도 VIP 아닌가. 거의 국빈에 가까운 부부를 하카타까지 불러 놓고는 3일 동안 '로이호'^{로얄 호스트를 줄여서 부르는 말}에 데려가다니 말이 되나. 그런 투어 코디네이터라면 실격이지 않나. 미즈타키^{일본식 닭고기 전골}, 모츠나베^{일본식 곱창 전골}, 각종 해산물까지 이것저것 많았을 텐데. 마지막 날에는 노점에도 가 봐야지. "마지막으로 나가하마 라멘은 어떠세요?"라고 안내해야 할 거 아니야. 아니, 혹시 마릴린 먼로가 "저는 매일 로이호에 가는 게 좋아요"라고 말했을까. 뭐, 맛있으니 상관없지만.

이렇게 말하는 나도 지금 파리로 향하는 기내에서 이 글을 쓰고 있다. 어니언 그라탱 수프의 본고장은 프랑스라고 하던데. 정말 맛있는 가게를 찾아볼까 싶다. 이래 놓고 난데없이 3일 연속으로 '똠양쿵'을 먹자고 하면 투어 코디네이터분이 실망하시려나.

집에서 만든 어니언 그라탱 수프

이 방향보다

이 방향으로 썰어야
단맛이 더 강하게 난다

6장

디저트

양갱

20세기의 스타에게
건네받은 멋스러운 선물

시베리아에 있는 러시아의 도시 이르쿠츠크에서 열차를 탄 우리 일행은 바이칼 호수를 바라보며 열차 안에서의 촬영을 마치고, 남은 긴 여정을 카드 게임을 하며 버티고 있었다. 시베리아 철도이지만 한여름 철도 안은 너무나도 더웠다. 심지어 열차 안은 냉방이 되지 않았다. 시원한 콜라라도 있었다면 기분 전환이 되었을 텐데, 열차 안에서는 상온의 음료수만 팔고 있었다.

승무원에게 이리저리 손짓해 가며 물어봐도 쌀쌀맞게 응대할 뿐이었다. 별수 없이 창문을 열고 단조로운 경치를 바라보며 멍하니 생각에 잠겼다. 카스텔라 사이에 양갱을 넣은 간식을 일본에서는 왜 '시베리아'라고 부를까. 물론 시베리아 간식을 시베리아 열차에서 팔지도 않을 테고, 승무원에게 물어봤자 싸늘하게 무시할 게 뻔했다.

나는 양갱을 좋아한다. 어린 시절부터 좋아했다. 양갱 하나를 통째로 먹어 보고 싶었을 정도로 좋아한 데에는 다 이유가 있었다. 끄트머리가 살짝 말라 까끌까끌한 부분과 원래 물컹물컹한 부분을 베어 물었을 때, 그 두 부분이 절묘하게 섞이면서 이에 닿는 감촉이 좋았기 때문이다.

하지만 어른이 된 후 먹은 양갱은 모두 밀봉이 너무 잘되어 있어서 마른 부분이 전혀 없었다. 그 까끌까끌한 감촉에 관해 사람들에게 물어봐도 다들 시베리아 철도의 승무원처럼 '니예트(아니오)'라며 모른 척했다. 그래서 나도 점차 양갱에 대해 생각하지 않게 되었다.

드라마 〈이다텐~도쿄 올림픽 이야기~〉에서 배우 이노우에 준 씨와 함께 출연했을 때의 일이다. 어린 시절부터 그분을 엔터테이너로서 존경하기도 했기에 현장에서 친하게 지냈다. 타고난 스타인 이노우에 씨는 살벌한 촬영장 분위기를 늘 부드럽게 풀어 주었다.

하지만 여성 스태프를 다독이는 의미로 손을 잡으려 드는 건 요즘 시대에 좀 그렇지 않나 싶었다. 나이도 드신 분이 왜 그리 여자를 밝히시냐고 핀잔을 주려던 찰나, 스태프의 손에 쥐어진 것을 보고 그만 나는 깜짝 놀랐다. 이노우에 씨가 한 입 크기의 작은 양갱을 건넨 것이었다. "다들 고생 많았어. 이 건 선물이야"라며 그가 건넨 건 '토라야とらや, 500년 전통의 일본 화과자 전문점'의 미니 양갱이었다. 겸사겸사 나도 받았다. 살짝 허기질 때 입에 쏙 넣기 좋은 크기였다. 역시 20세기의 스타는 무엇을 하든 멋스럽구나.

양갱은 소비기한이 길기도 해서 그때부터 나도 이노우에 씨를 따라 늘 양갱을 가지고 다니게 되었다. 참고로 끄트머리가 까끌까끌한 양갱은 '사가 현의 오기 양갱사가 현 오기 시는 일본 최대 양갱 생산지로서, 오기 양갱의 유래지'이었다는 사실을 알게 되었지만, 시베리아에 대한 의문은 여전히 풀리지 않고 있다.

천천히 살살

기분 좋게 잘리는
감촉을 즐긴다

얇게 자르거나

두껍게 자르거나

빙수

지저분한 이야기라 죄송하지만,
오랜만에 나간 해외에서 누구나 겪을 법한 실수를 즐기다

코로나 사태가 벌어진 후로 2년 반 동안 여권을 쓸 일이 없다가 드디어 업무차 해외에 나가게 되었을 때다. 오랜만에 하네다 공항 국제선 터미널을 통해 서울로 향했다. 역시나 출입국에 여러 제약이 걸려 있기는 했지만, 어떻게든 잘해 내서 무사히 이국땅에 발을 내렸다. 2박 3일간의 짧은 일정. 실컷 즐기고 가자. 중요한 일을 하다 실수하지 않도록 첫날밤은 푹 자야지. 그렇게 생각하고 일찍 잠자리에 들었다. 그럴 줄 알았다.

새벽 3시 반, 화장실에 가고 싶어서 잠에서 깼다. 해외 호텔에서 한밤중 화장실에 가는 일은 종종 있지만, 조명 스위치를

찾다가 다른 것까지 작동시키는 바람에 잠에서 완전히 깰 때가 있다. 그런 일이 생기지 않도록 발 밑에 놓인 조명만으로 화장실에 갈 수 있도록 동선을 미리 확인해 두었다.

변기에 앉아 볼일을 보려고 했다. 그런데 하반신이 묘하게 썰렁했다. 눈으로 확인할 수는 없었지만, 손으로 만져 보니 바로 밑에 물이 있는 듯했다. 어쩔 수 없이 불을 켜고 안을 들여다보니 변기 시트 바로 아래까지 물이 넘치고 있었다. 이런, 변기가 막혀 버렸다. 이 상태로는 소변도 볼 수 없었다. 그렇지만 물 때문에 엉덩이가 차가워져서인지 변의마저 느껴지기 시작했다. 이거, 큰일이네. 마음이 조급해지니 갑자기 배가 꾸르륵거리기 시작했다. 아, 자기 전에 빙수를 먹지 말았어야 했는데.

사실 그날 밤 3년 전 부산에서 먹은 빙수를 잊을 수가 없었다. 눈가루처럼 고운 얼음 속에 든 작은 떡, 그리고 빙수 전체에 수북이 뿌려진 '콩가루', 한겨울이었는데도 정신없이 퍼먹었다. 이제껏 내가 먹은 빙수의 개념을 완전히 뒤집는 맛과 식감이었다.

설욕이라도 하겠다는 듯이 저녁 식사를 마치자마자 빙수를 먹으러 갔던 나 자신이 부끄러워졌다. 예전에는 커다란 빙수를 여럿이서 나눠 먹었지만, 이제는 시대가 바뀌고 말았다. 커다란 빙수를 통째로 혼자 한밤중에 먹고 만 것이다.

뒤늦게 후회해 봤자 어쩔 수 없다. 프런트에 연락해 보자. 하지만 이 시간에 일본어를 할 수 있는 직원이 있을 것 같지도 않았다. 아, 그래. 얼른 스마트폰의 번역 앱을 켰다. '화장실 물이 내려가지 않아요'라고 입력하자 바로 음성으로 변환되었다. 프런트에 전화를 걸고, 수화기에 스마트폰을 가져다 댔다. 그러자 상대방이 서투른 일본어로 "전기인가요?"라고 물었다. "아니오." 진땀이 났다.

이렇게 서로 엇갈리는 대화를 몇 분이나 주고받았다. 그러다 문득 그가 '전기'가 아닌 '변기'라고 말하고 있다는 사실을 깨달았다. 그 순간, 긴장이 풀리면서 갑자기 화장실에 가고 싶은 마음이 싹 사라졌다.

홋카이도산
연유가 듬뿍

잊을 수 없는
홋카이도의 매력이 가득한 빙수

홋카이도 다이세쓰산의
복류수[1]로 만든 얼음

야호! 맛있다!

잘 익은
후라노 멜론[2]

1 하천이나 호수의 바닥이나 옆면에 흐르는 물을 말한다. 수질이 깨끗하고 좋아서
   다양한 수원으로 사용된다.
2 홋카이도 중남부에 위치한 후라노 시에서 재배되는 고급 멜론

소프트아이스크림

누구나 남에게 알리고 싶지 않은
자신만의 먹는 방법이 있지

두 개의 사이에 무언가가 들어 있는 음식이 있지 않은가. 예를 들어, 비스코^{일본 글리코에서 만든 크림 샌드 비스킷}나 오레오 같은 것들 말이다. 붙어 있던 비스킷을 떼어 내고, 위쪽 앞니로 안에 들어 있던 크림을 싹 긁어내 버리고 싶어지는 충동을 느끼는 건 나뿐일까.

만든 사람의 마음을 무시하는 배신이라는 것을 알면서도 일부러 해 버리고 만다. 다른 사람에게는 결코 보이고 싶지 않은 순간. 양손으로 비스킷을 들고, 비버처럼 이상한 표정을 짓는 노인의 만족스러운 듯한 얼굴.

초콜릿으로 감싼 아이스바도 있지 않은가. '블랙 몽블랑^{주로} 규슈 지역에서 판매되는 타케시타 제과의 아이스크림으로 우리나라의 '돼지바'와 비슷하다' 같은 것들 말이다. 그 바깥의 초콜릿 부분을 전부 벗겨 버리고 싶은 충동에 휩싸이는 건 나뿐일까. 위쪽과 아래쪽 앞니를 쭉 내밀고, 마치 말이 울어대는 듯한 표정으로 초콜릿을 벗겨 나간다. 서둘러 먹지 않으면 아이스크림이 녹아 버린다는 사실 정도는 알고 있다. 그런데도 굳이 그렇게 하고 만다. 역시나 아이스크림이 뚝뚝 흘러내리고, 초콜릿도 셔츠 위에 떨어진다. 그렇다고 알몸으로 먹어 봤자 그만큼의 성취감을 얻을 수도 없고, 그런 모습을 남들에게 보이기도 곤란하다.

대체 난 뭘 하는 걸까. 아마 오늘 촬영하느라 몸이 피곤해진 탓이겠지. 앞으로는 집에 올 때 고속도로를 이용해야겠다. 내비게이션을 보니 정체 때문에 2시간 반은 걸릴 것 같았다. 출출한 속을 이제 막 단것으로 달랜 참이지만, 가는 길에 휴게소에서 잠시 쉬며 소프트아이스크림을 먹자. 이를 목표로 현장을 빠져나왔다.

요즘은 휴게소가 재밌다. '미치노에키'¹ 같은 것도 같이 있어

---

1 일본의 각 지자체와 도로 관리자가 연계하여 설치하는 상업·휴식·지역 진흥 시설

서 계획에 없던 채소나 과일을 사 버리기도 한다. 그리고 반드시 그 지역의 소프트아이스크림이 있다. 인근 목장의 이름을 내걸고, 프리미엄 어쩌고 하는 이름을 붙여 놓아 500엔짜리 동전 한 닢으로는 살 수 없는 것도 있다.

나는 소프트아이스크림을 혀로 핥고 또 핥아 콘 안으로 밀어 넣는다. 그리고 나서 콘의 끝부분에 이로 살짝 구멍을 뚫은 다음, 나팔처럼 입에 대고 빨아먹는다. 응? 이것도 나만의 특이한 버릇일까.

이윽고 저녁 8시쯤 휴게소에 도착했다. 서둘러 소프트아이스크림을 파는 가게로 달려갔다. 아, 다행히 있었다. 문을 닫을 준비를 하던 점원에게 아이스크림을 주문했다. 그러자 하필이면 초보 아르바이트생에게 한번 해 보라고 시키는 것이 아닌가. 말도 안 돼.

역시나 비스듬하게 짧게 말린 아이스크림을 받았다. 서둘러 차로 돌아가려고 했지만, 비스듬한 부분에서부터 아이스크림이 흘러내리기 시작했다. 살펴보니 콘 안쪽은 텅텅 비어 있었다. 아, 최악이다. 이래서야 쭉쭉 빨아먹을 수가 없잖아.

나도 과자와 초콜릿을 따로따로 떼어 먹는다

힘들게 딱 붙여 놓았는데,
이런 식으로 즐겨서 미안해요

도 넛

잠들지 않는 도시의 잠들지 않는 젊은이를 위해
심야 영업 가게에 늘어선 무수히 많은 구멍

살다 보면 잠들지 못하는 밤도 있는 법이다. 사춘기 시절, 인생과 장래에 대한 막연한 불안감에 시달리느라 바닥에 누웠는데도 좀처럼 잠들지 못했다. 아니면 낮잠을 너무 잔 탓이었을까. 어쩔 수 없이 심야 라디오 방송에 귀를 기울였다. 하지만 일요일에는 그조차도 하지 않았다. 세상에 나 말고는 아무도 없는 듯한 고독감. 창밖의 선로를 바라보며, 가끔 지나가는 화물열차를 한없이 기다렸다. 인터넷도, SNS도 없던 시절의 이야기다.

그러던 어느 날, 내가 살던 작은 동네에 24시간 영업을 하는 도넛 가게가 생겼다. '도넛은 남성'이라고 우겨대는 듯한 가게 이름은 '미스터 도넛'. 편의점도 없던 시절, 누가 한밤중에 도넛 하나를 사러 올까. 하지만 잠들지 못하는 밤에도 그곳에 가면 도넛을 살 수 있었다. 아르바이트생인 형과 대화를 나눌 수 있다고 생각하면 마음이 든든해졌다. 중학생이었던 내가 용돈으로 살 수 있는 가격이 아니었기에 근처에서 바라볼 수밖에 없었지만, 똑같은 도넛인데도 종류가 그렇게나 많다는 사실에 놀랐다. 언젠가 어른이 되면 저 선반 끝에서 끝까지 전부 다 먹고 말아야지.

사실 그 도넛 가게 옆에는 콧수염이 달린 풍채 좋은 외국인 동상이 서 있는 치킨 가게 'KFC'도 있었다. 요즘에는 미스터 도넛 옆에 KFC가 나란히 있는 것이 흔한 역 앞의 풍경이지만, 반세기 전에는 충격적이라 할 만큼 미국적인 모습이었다.

우리 어머니는 KFC에 흠뻑 빠지셨다. 치킨 세 조각과 빵, 샐러드, 프렌치프라이가 상자에 담긴 '디너'라는 세트의 포로가 되셨다. 나는 굳이 고르자면 학교 사육장에서 기르던 토끼에게 양배추를 먹이로 준 기억을 떠올리게 하는 '코울슬로'라는 샐러드가 맛있어서 즐겨 먹었다. 여든여덟 살이 되신 어머니는 "나도 이제는 두 조각밖에 먹지 못하게 되었어"라고 말씀하시면서도 여전히 콧수염 동상이 있는 가게를 다니신다.

　다시 도넛 이야기를 해 보자. 나는 지금도 여전히 도넛을 좋아한다. 아니, 오히려 요즘 더 좋아한다. '콩비지로 도넛을 만드는 가게'나 '줄을 서 있으면 도넛 한 개를 주는 가게' 등 여러 체인이 있었지만, 앞으로도 내가 계속 빠져 있을 곳은 홋카이도에서 탄생한 도넛 가게다. 다행히 우리집 근처 역 앞에 작은 점포를 운영하고 있다. 도쿄에 있는 점포는 이곳 하나인데, 워낙 호평이라 곤란할 지경이다. 평소에도 오후 4시가 되기도 전에 다 팔려 버린다. 폭신폭신하고 쫄깃쫄깃하다. 아차, 내가 여기에 소개해 버려 혹시 다른 곳으로 이전하는 건 아닌가 생각하니 밤에도 잠이 오질 않는다.

유바리홋카이도의 중앙부에 위치한 도시 **명물**

구멍이 뚫리지 않은
시나몬이 듬뿍 들어간 도넛

팥소가 가득

까끌까끌한
설탕이 좋다

이거, 우유와 잘 어울리네

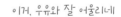

유바리 명물
시나몬 도넛

치즈케이크

내 마음대로인 식탁, 가벼운 인생[1]
나도 모르게 발을 들여놓고 말았다

얼마 전에 급한 일이 생겨 가나가와 현 미우라반도 서쪽에 위치한 가마쿠라에 갔다. 대단한 일은 아니었기에 점심이 조금 지나자 시간이 비었다. 주변에 마음에 드는 카페가 몇 군데 있어서 오후에는 마음 가는 대로 어딘가에 들어가 앉아 있을 생각이었다. 하지만 그날은 가마쿠라라고 해도 산 쪽이라, 번화한 해변과는 상당히 떨어져 있었다. 문득 내 메이크업을 담당해 주는 H 씨가 가마쿠라 산속에 정말 맛있는 치즈케이크

---

1   요리연구가 홀트하우스 후사코 씨가 잡지 《크루아상》에 연재한 에세이의 제목

를 파는 가게가 있다고 했던 말이 떠올랐다. 가게를 검색해 보니 바로 근처였다. 혹시 몰라 한번 전화해 봤다가 오후 3시 티타임 시간을 예약할 수 있었다.

'가마쿠라야마'라 불리는 그 일대의 길은 마치 미로처럼 얽혀 있어 침입자가 쉽게 접근할 수 없다. 한참을 헤맨 끝에 가게처럼 보이는 곳에 도착했지만, 음식점처럼 보이지는 않았다. 입구를 열자 곧바로 계단이 나왔는데, 계단을 내려가니 커다란 유리창 너머로 가마쿠라의 숲이 내려다보이는 절경이 펼쳐졌다. 그곳에 2인용 탁자 두 개가 있었다. 가게 안은 거의 만석이었다.

나는 고민하지 않고 곧바로 치즈케이크와 커피를 주문했다. 그곳의 치즈케이크는 치즈도, 케이크도 한 획을 긋는, 내 상상을 초월한 맛이었다. 포크로 잘라 입에 넣자 케이크가 입안에서 굴러다녔다. 내가 지금까지 먹은 치즈케이크는 다 뭐였을까.

애초에 나와 치즈의 만남은 그리 행복하지 않았다. 어린 시절, 집에 갑자기 손님이 오시거나 하면 네모난 양갱처럼 생긴 치즈 덩어리를 실로 잘라서 살라미 등과 함께 접시에 가지런히 놓아 손님에게 대접했다. 소위 '프로세스 치즈[2]'라는 것이었

---

2 두 가지 이상의 천연치즈를 녹여서 향신료 등을 첨가해 만든 가공 치즈

다. 어쩐지 퍽퍽해서 잘 넘어가지 않았고, 치즈를 만지면 손에서 냄새가 났다. 그런 치즈가 은박지로 개별 포장되거나 어육 소시지처럼 튜브 형태로 나왔는데, 식감이나 맛은 대부분 비슷비슷했다.

이처럼 내게 딱히 좋은 인상도 없는데 '반찬'이라고 해야 할지 '간식'이라고 해야 할지 애매했던 치즈. 그러다 치즈케이크라는 것이 크게 유행하면서 1970년대는 '베이크드 치즈케이크'와 '레어 치즈케이크'라는 양대 세력이 케이크계를 석권했다. 그리고 '티라미수'의 시대인 1990년대를 지나 요즘은 '바스크 치즈케이크'가 유행인 듯하다. 그렇게 내 입맛도 치즈케이크에 길들었다고 생각하던 찰나에 가마쿠라야마에서 받은 충격은 어마어마했다.

그 치즈케이크가 너무나도 맛있었기에 돌아가는 길에 파운드케이크와 쿠키도 기념으로 샀다. 가게 이름이 어쩐지 낯익어서 기억을 더듬다가 잡지 《크루아상》을 펼쳤는데, 놀랍게도 같은 잡지에 에세이를 쓰고 계신 요리연구가 홀트하우스 후사코 씨의 가게였다.

달콤한 치즈라고 하면 이것

홋카이도의
유제품 회사에서 만든
'치즈 다이후쿠'

쭈욱, 부드러워!

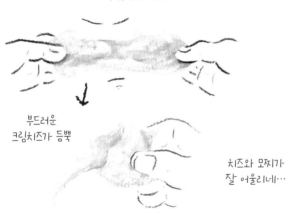

부드러운
크림치즈가 듬뿍

치즈와 모찌가
잘 어울리네…

머스크멜론

초록색 크림소다에는
새빨간 앵두가 잘 어울리지

　'카페에서 소다를 주문한다'라는 한 문장에서 선명한 녹색
의 음료가 나오기를 상상한 독자가 많으리라는 전제하에 이
야기를 시작해 보려고 한다. 일본식 발음으로 '메론 소다'라고
불리는 그 음료를 우리 시대에는 분말로 팔아서 물에 타 마셨
다. 진한 녹색 색소가 혀까지 물들이면 '요괴'라고 말하며 다
른 사람에게 의기양양하게 혓바닥을 보여 주고는 했다.

　메론 소다에 '메론'이라는 이름이 붙었지만, 사실 멜론 과즙
은 한 방울도 들어 있지 않다. 애초에 그 당시 우리 주위에 멜
론 맛을 잘 아는 아이도 거의 없었을 테고, 그 점을 따지는 사

람도 없었다. 어쩌면 아파서 입원했을 때, 병문안 선물로 머스크멜론을 받아 진짜 멜론을 맛본 아이가 있었을지도 모른다. 하지만 그렇다고 메론 소다에 이의를 제기하며 따돌림을 당하기보다는 침묵을 택했으리라. 그 정도로 멜론은 닿을 수 없는 고귀한 '과일의 왕'으로 군림하고 있었다.

멜론과 마찬가지로 '버섯의 왕'으로 군림했던 것이 '송이버섯'이다. 순진했던 나는 나가타니엔 브랜드에서 나온 조미료인 '송이버섯맛 장국'의 바닥에 떠다니는 버섯 조각이 진짜 송이버섯 조각일 것이라 믿고 감사히 먹었는데, 나중에 그것이 표고버섯 조각이라는 사실을 알게 된 순간 느낀 절망감은 지금 다시 떠올려도 애잔하다.

진짜 송이버섯을 입에 대보지도 못한 채, 본격적으로 가난한 연극배우 청년이 된 나는 연습에 가기 전 오전에는 청과물 시장에서 일했다. 지금은 없어졌지만, 아키하바라 역 근처에 있던 거대한 시장은 일명 '얏차바'라 불렸는데, 쓰키지 어시장과 함께 서민들의 허기진 배를 책임지는 거점이었다. 나는 혼다의 오토바이 슈퍼커브를 몰고 가서 새벽 5시부터 일을 시작했다.

내가 소속된 곳은 신바시의 과일 가게로, 경매사 모자를 뒤집어쓴 채로 앵두 같은 과일을 잔뜩 사들였다. 오전 10시가 되면 근무를 마치고 다시 오토바이에 올라탔는데, 그때마다 가게 아저씨는 나를 꼭 불러 세워 말씀하셨다. "멜론 먹을래?"

영화 〈한밤의 차임벨〉의 감독 겸 배우였던 오슨 웰즈를 쏙 빼닮았던 그 아저씨가 시장에서 대단한 사람이었는지는 기억이 잘 나지 않지만, 흠집이 나서 상품성이 떨어지는 머스크멜론을 늘 양손에 들고 있었다. 그리고는 말씀하셨다. "멜론 먹을래?"

아저씨의 그 말씀에 "네"라고 대답하고, 받은 멜론을 오토바이에 싣고 연습실로 달렸다. 연습실에서 녹슨 식칼로 멜론을 네 조각으로 잘라 정신없이 먹었다.

운이 따르지 않아 흠집이 생긴 탓에 긴자의 고급 클럽에 제공되지 않고, 가난한 연극배우 청년의 위장에 들어가 버린 머스크멜론. 솔직히 말하자. 그 당시 매일 죽도록 먹어서인지 나는 사실 멜론의 고마움을 잘 모르겠다.

멜론을 유리 접시에 놓고
멜론용 스푼으로 떠먹었던 어린 시절의 행복

딸기용과 자몽용 스푼도
있었었지

사과

취조실에서 다카시나 가쿠에게 사과를 건네받은 순간,
모든 것을 자백하고 말았다

환갑을 맞이한 지 어느덧 2년이 지났다. 노화를 자각하고는
있지만, 인정하지는 않고 있다. 그러나 세월은 마치 가속도가
붙은 듯 갈수록 빠르게 흘러간다. 안과에서 안구건조증의 새
로운 치료법을 시도해 보거나 나이가 드는 것을 막아 보려 하
고 있다.

하지만 가까운 미래에 '운전면허증을 반납해야 하는' 시기가
찾아올 것이다. 자동차 보험도 60대부터 보험료가 비싸진다
고 하고, 사고라도 내면 노인네가 운전 같은 걸 하니 그런 거
라는 소리를 듣겠지. 그런 일을 생각하면서 면허를 갱신하러

경찰서에 갔더니 쓸데없이 긴장해 버렸다. 그러다 그만 시력 측정기에 안경을 세게 부딪치고 말았다.

10년 전에 면허증을 갱신했을 때는 노화 같은 걸 자각한 일이 전혀 없었다. 여유만만하게 수속 절차를 끝마치고 경찰서를 나오려던 찰나, 나이 든 경찰관이 갑자기 나를 불러 세웠다. 경찰이 불러 세우니 그것만으로도 긴장되었다. 켕기는 게 없는데도 사람이 괜히 비굴해지고 얼굴이 벌게졌다. "잠깐 이야기 좀 하실 수 있겠습니까?" 그 말을 들은 순간, 가슴이 철렁했다.

물어보니 별일은 아니었고, 그저 홍보를 위해 하루 경찰서장을 맡아 달라는 부탁이었다. 기획사를 통해 정식으로 요청하지 않고, 제복 차림의 경관이 직접 출연 요청을 하다니. 당연히 무보수의 협력이었지만, 차마 거절할 수 없는 실로 효과적인 교섭이었다. 연예계 관계자가 많이 살지 않는 지역의 관할서라 그런지, 야마모토 씨라고 하는 순경이 마침 운전면허를 갱신하러 온 유명인을 그대로 낚아챈 것이다. 그는 배우 다카시나 가쿠의 왕년 모습을 닮은 풍채로 내게 다가와 차분하고 낮은 목소리로 부탁했다. 어설픈 핑계를 대며 도망칠 수가 없어서 나는 그렇게 어이없이 수락하고 말았다.

경찰서장 복장은 기존의 제복을 그대로 입었더니 내 몸에는 조금 짧았다. 와이셔츠만이라도 새것을 입으라며 야마모토 씨가 사비로 새 와이셔츠를 사다 주셨다. 행사 당일에는 퍼레이드와 간단한 연설을 하면 끝이었지만, 생각보다 좀처럼 경험해 보기 힘든 값진 하루가 되었다.

구치소와 형사들이 사용하는 사무실도 견학했다. 드라마에서 경찰이나 형사 역할을 여러 번 해 봤지만, 사무실을 실제로 본 건 처음이었다. 놀라웠던 건 주인 잃은 개가 경찰서 안에 묶여 있었는데, 그 개의 밥을 챙겨 주는 것 또한 야마모토 씨의 일이었다는 점이다.

그 후 야마모토 씨와 계속 연락을 주고받았는데, 몇 년 후 경찰 일을 그만두고 고향인 아오모리로 돌아간다고 했다. 이제 만나지 못한다는 생각에 섭섭했는데, 겨울이 되자 사과를 보내오셨다.

올해도 보내 주신 사과를 먹으며 이 글을 쓰고 있다. 앞으로도 면허증을 반납할 때까지 안전히 운전하겠습니다.

이탈리안 요리를 하는
친구의 가게에서
꽃사과로 만든
고르곤졸라 피자

메이플 시럽을 듬뿍 뿌려서

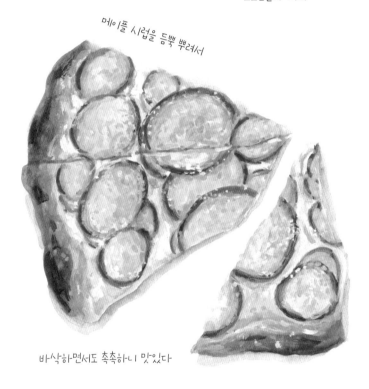

바삭하면서도 촉촉하니 맛있다

7장

기념품

계피 맛 간식

야쓰하시[1]와 츄로스 사이에는
하늘과 땅만큼의 차이가 있다는 것을 알다

과자를 집에 쟁여 두는 일 따위는 없던 초등학생 시절, 미
즈야^{일본 다도(茶道)에서 물을 준비하고 찻잔을 씻는 등의 준비를 하는 공간}의 서랍 구석
에 굴러다니던 눈깔사탕만이 몰래 먹을 수 있던 유일한 당분
이었다. 그 눈깔사탕은 캔디처럼 잘 깨지지 않았고, 잘못 빨았
다가는 사탕 안쪽의 비어 있는 부분에 입안이 찢어져 피투성
이가 될 수도 있는 위험한 물건이었다. 박하와 계피 두 종류가
있었는데, 당연히 나는 박하를 압도적으로 더 좋아한다.

---

1 교토를 대표하는 과자 중 하나로, 계피 맛이 나는 전병

이 두 사탕은 자극만 놓고 보았을 때 중국어로 얼얼한 맛을 뜻하는 마麻와 매운맛을 뜻하는 라辣 정도의 차이가 났다. 계피의 얼얼한 맛이 싫었던 내게 '사쿠마 드롭스 캔디일본의 대표적인 사탕 브랜드 사쿠마 드롭스에서 출시한 네모난 캔에 담긴 사탕'에 과일 맛을 제외하고 '박하'만 들어 있다는 사실은 실로 환영할 만한 일이었다.

점차 어른이 되면서 입맛도 바뀌어서 이제는 목이 아프다고 하면 받을 수 있는 '아사다아메 사탕의약품 브랜드 아사다아메에서 출시한 목감기, 비염, 목 통증 등에 효과가 있는 사탕'도 '쿨'이 아닌 '계피'를 택하기 시작했다. 그사이에 '박하'는 '민트', '계피'는 '시나몬'이라 불리게 되면서 눈깔사탕뿐만 아니라 다양한 간식과 식품 전반에 널리 쓰이게 되었다.

얼마 전 도쿄의 니혼바시닌교초에 있는 화과자점 '고토부키도壽'의 '고가네이모黃金芋'라는 화과자를 선물로 받았다. 흰 앙금이 든 고구마 모양의 빵 위에 시나몬 가루가 빈틈없이 뿌려져 있다. 크기와 단맛도 적당해 절묘한 맛을 내는 간식이다. 저녁 식사를 마친 후에 차와 함께 먹으면 실로 행복한 시간을 보낼 수 있다.

문득 뒷면에 적힌 원재료 표시에 눈길이 갔는데, 여전히 '계피'라고 적힌 글자에서 오랜 전통을 지닌 노포의 고집을 엿본 듯한 기분이 들었다. 그런 이야기를 아내와 하고 있었는데, 아내가 느닷없이 검색을 시작했다. 계피와 시나몬은 다른 것 같다고. 그럴 리가 없을걸. 난 이제껏 향신료 코너에서 계피를 본 적이 없다고. 하지만 아내가 이내 의기양양한 표정으로 나를 바라보더니 역시 자기 생각이 맞았다고 하는 것이 아닌가. 아내는 원체 계피를 좋아한다.

시나몬은 주로 스리랑카산 실론계피나무의 껍질을 건조한 것이다. 그러고 보니 언젠가 홍차에 말린 나뭇가지를 담가 마시는 풍습에 놀란 기억이 있다. 반면에 계피는 일본산 육계나무의 뿌리 부분 껍질이라고 하던가. 이 둘은 언뜻 비슷해 보이지만, 향도 다르고 자극도 달라서 알고 보면 전혀 다르다는 사실을 이번에 처음 알았다. 한 살 더 어른이 된 나는 카페에서 '나뭇가지'가 아닌 '뿌리' 부분을 라테에 담가 계피 라테를 만들어 먹고 싶은 충동에 휩싸였다.

향긋한~
시나몬 향을 느끼면서
돌돌 말린 빵을
한 겹씩 벗겨 먹는다

민트 맛 간식

쿨했던 녀석이 부쩍 눈물이 많아진 건
나이가 아니라 마스크 탓이다

약 20년 전, 어느 남성 패션지에서 악역 배우를 모델로 쓰는 기획을 한 적이 있었다. 나에게도 연락이 와서 하얀 의상을 걸친 채로 스튜디오 한가운데에서 플래시 세례를 받았다. 질 샌더Jil Sander라는 태그가 달린 슈트는 상하의 한 벌에 30만 엔이 넘는다고 스타일리스트가 웃으며 말해 주었다. 그 당시 내 경제 상황으로는 하늘이 뒤집혀도 살 수 있는 물건이 아니었다. 좋은 경험이라 생각하며 카메라를 바라보았다.

카메라맨은 연신 "그래", "그래"를 외쳤다. 그런 식으로 기합을 넣는 건지, 아니면 조수를 부르는 소리인지 짐작이 가질 않았는데, 아무래도 나를 향해 외치는 듯했다. 자세히 들으니 "쿨해", "쿨해"라고 계속 외치고 있었다. 그런 식으로 칭찬하는 사람을 처음 만나 살짝 소름이 돋았다.

양치질은 어릴 때 습관을 잘 길러야 하므로 어린이용 치약은 일반적으로 딸기 맛이나 포도 맛 같은 단맛이 첨가되어 있다. 하지만 나는 부모님과 똑같이 맵고 화한 치약을 무리하게 쓰고 싶어 하는 어린이였다.

그래서 나는 소풍에도 '카루민'을 꼭 챙겨 갔다. 나는 노는 사이사이에 카루민의 은박 포장지를 조심스레 벗겨 입에 집어넣고는 했다. 카루민은 민트 태블릿 캔디의 원조 같은 과자로, 아쉽게도 몇 년 전에 판매가 종료되었다. '카루'는 간사이에 가면 살 수 있지만, 그 쿨한 청량 과자는 이제 만날 방도가 없다. 소풍 갈 때 챙겨 갔던 과자 중에 아직 남아 있는 쿨한 녀석은 다들 아는 '사쿠마 드롭스 캔디'의 박하 맛 정도일까.

그런데 박하 맛을 좋아했던 사람이 극히 일부에 불과했다

1 메이지에서 나온 옥수수 과자로, 판매 저조로 2017년부터는 간사이 지역에서만 판매한다.

는 사실을 알고 깜짝 놀랐다. 어쩐지 아까워 하지 않고 박하 맛 사탕을 선뜻 준 친구들이 많았던 이유도 내게 갖다 바친 게 아니라, 남은 사탕을 처리하기 위해서였다고 생각하니 이해가 간다.

그토록 쿨했던 나는 지금도 쿨한 파트너를 의상 주머니에 숨겨 놓고 있다. 흔히 민트 태블릿 캔디라 부르는 것인데, 기분 전환도 되지만 언제 어디서든 키스 신을 요구받게 되면 바로 촬영에 들어갈 수 있도록 입냄새를 예방하는 효과도 겸하고 있다. 이거 실례, 너무 과장되게 말한 것 같아 반성합니다.

이 글을 쓰고 있던 때는 코로나로 인해 본 방송 촬영에 들어가기 전까지는 마스크를 의무적으로 착용해야 했다. 민트 태블릿 캔디를 입에 넣은 채, 마스크 너머로 대사를 말하다 보면 화한 숨결이 눈가로 올라온다. 그래서인지 평범한 장면에서 눈물을 흘리는 '쿨한' 연기자가 늘어났다고.

아마 예전에는
민트 초콜릿이라고 하면
왠지 다른 아이스크림보다
조금 어른스러운 느낌이 든 것 같다

아침 루틴

여름에는 6시, 다른 계절에는 7시에 일어나 개와 함께 공원을 산책한다. 공원이 나름 큰 편이라 작정하고 걸으면 6킬로미터, 8,000보 정도가 된다.

하지만 개도, 나도 노쇠해져서 5킬로미터 미만으로 거리를 줄여 무리하지 않는 선에서 루틴을 실천하고 있다. 푸른 숲속을 걸으며 대사를 외우거나 에세이 소재를 찾기도 하고, 아니면 스포티파이에서 신곡을 확인하는 등 이 시간에 뇌를 활발하게 하는 작업을 집중적으로 하고 있다.

집에 돌아가 아침 식사가 차려질 때까지 기다리는 동안 간단하게 근육 운동과 스트레칭을 한다. 자동차와 화장실 등을 청소하는 것도 하루 일과 중 하나다. 아침에는 머리도 몸도 잘 돌아가므로 부지런히 움직여 뱃속을 충분히 비울 수 있다고 생각한다.

아침에는 먼저 음료부터 마신다. 카고메의 무염 토마토주스에 푸드 스타일리스트 이이지마 씨에게 받아 온 매실초를 세 방울 정도 떨어뜨려 마신다. 그 밖에도 요츠바 우유, 고치 현에서 사 온 구아바차. 이 세 가지를 잔에 따라 식탁에 준비해 놓는다.

여기에 디저트를 준비한다. 요거트를 정확히 200그램 덜어서 접시에 담고, 다른 접시에 특제 토핑인 콩가루, 코코넛, 건포도를 담는다. 이 요거트도 요츠바에서 나온 제품이다. 프랑스에 갔을 때, 버터로 유명한 에쉬레의 우유가 최고로 맛있다는 말을 듣고 그렇다면 일본에서는 요츠바가 제일이지 않을까 하고 단순히 생각한 게 계기가 되었다. 콩가루와 코코넛, 건포도는 각각 1 : 2 : 1의 비율로 미리 섞어 냉장고에 상비해 둔다.

그리고 과일은 사과와 카와치반칸을 계절에 맞게 준비한다. 다음은 간단한 절임류다. 집에서 만든 갓절임은 물론이고, 카나모토 식품의 김치, 사쓰마 마루시마의 단무지, 이렇게 세 가지를 늘 놓는다. 그리고 자주 먹는 낫토는 스즈오토메낫토나 카지노야의 켄코쿤을 먹는다. 여기에 쪽파를 뿌린 다음, 이즈 지방의 센넨이타시오 소금이 들어간 조미김 3장을 싸서 먹는다.

늘 식탁에 올리는 된장국은 규슈 출신인 입맛을 바꾸지 못한 탓에 늘 일본식 보리 된장만을 사용한다. 지금은 가고시마의 하츠유키야라는 곳의 보리 된장을 사용하고 있다. 된장국에 넣는 재료 중 가장 좋아하는 것은 역시 난칸아게다. 반찬은 주로 달걀 요리다. 날마다 다른데, 채소와 함께 볶기도 한다. 되도록 자연방사란을 쓰고 있다.

마지막은 역시 쌀이다. 밥은 '가게쓰雪月'라는 업체의 질냄비로 바로 지어 맛있다. 시기에 따라 다르지만, 가끔 후쿠시마의 브랜드 쌀인 '후쿠, 와라이福, 笑い'가 있으면 최고다.

뭐, 대충 이런 식이다.

예전에는 아침밥 같은 건 아무거나 먹어도 상관없다고 생각했다. 심지어 먹지 않아도 된다고 생각했던 시기도 있었다. 하지만 지금은 어떤가. 이런 아침 루틴이야말로 행복을 가져다준다. 내가 곱씹는 이 한순간 한순간이 다른 무엇과도 바꿀 수 없는 소중한 한때다. 내일도 마찬가지로 이 식탁 앞에 앉아 이러한 한때를 보낼 수 있기를 간절히 바란다.

모든 것에 감사의 마음을 담아.

"잘 먹었습니다."

마츠시게 유타카 × 아베 미치코 대담

배우이자 이 책의 저자 마츠시게 유타카와

홋카이도 아사히카와 시에 거주 중인

일러스트레이터 아베 미치코.

친분이 두터운 두 사람이 엮어 나가는 이 책의 에세이는

마츠시게 씨가 이야기하는 '음식의 기억'을 아베 미치코 씨가 맛보고

그림으로 만들어 나가는 방식으로 한 편이 탄생했다.

이렇게 척척 맞는 호흡을 통해 탄생한 작품의 뒷이야기에 대해

두 사람에게 물었는데, 어느 사이엔가….

마츠시게	아베 씨를 처음 뵌 게 2016년이었지요. 테레비 도쿄의 〈고독한 미식가 정월 스페셜~한겨울의 홋카이도·아사히카와 출장 편〉(이하 〈고독한~〉)에서였으니까요.
아베	벌써 8년 전이네요! 시간이 참 빠르네요.
마츠시게	〈고독한~〉은 가게를 선정하기가 참 어려워서 현지에 사시는 분들의 협력이 꼭 필요해요. 그래서 당시 치프 디렉터였던 미조 씨(미조구치 겐지 씨)가 늘 "아베미치, 아베미치~"라고 부르며 전폭적인 신뢰를 보냈던 아베 씨를 소개해 주었지요.
아베	아이고, 참 감사하네요. 〈고독한~〉은 디렉터분들이 직접 발로 뛰며 이곳이다 싶은 가게를 찾아내시기 때문에 도와드리게 되었어요.
마츠시게	그때 참 감사했습니다. 그 후에 아베 씨가 일러스트레이터로 일하신다는 이야기를 들었고, 연말에는 아베 씨가 그리신 먹음직스러운 음식 일러스트가 가득 담긴 '먹보 캘린더'도 선물 받았지요.

아베	"화장실에 걸어 두세요"라고 하면서요. (웃음)
마츠시게	덕분에 그 후로 8년 동안, 오늘 아침에도 아베 씨의 그림을 보며 기분 좋은 아침을 맞이했습니다. 이러한 루틴이 생겨난 뒤로 아베 씨와 무언가 글쟁이와 그림쟁이로서 함께 작업하고 싶다고 생각했는데, 지난번에 낸 책《오늘은 무엇으로 나를 채우지》에서 그게 실현되었지요. 심지어 이번 에세이는 아베 씨의 일러스트가 컬러판으로 들어가니까요!
아베	아, 정말이지 잡지《크루아상》에 이렇게 크게 연재될 줄은 몰랐어요. 아직도 "마츠시게 씨가 연재하는 에세이에 밋짱의 그림이 실려 있어서 깜짝 놀랐어!"라는 말을 들어요.
마츠시게	처음 뵌 이후로 아사히카와에 갈 때마다 공항이나 거리에서 아베 씨의 일러스트를 보지 않는 날이 없어요. 대체 아사히카와에서 어떤 존재이신 건가요? (웃음)
아베	아니에요, 이제 슬슬 지겹다는 말을 들을 것 같아서

조마조마해요. 다른 일러스트레이터분들을 보면 센스도 좋으시고 그림이 세련되어서요. 제 그림은 보시다시피 세련되지는 않았잖아요.

마츠시게　〈먹는 노트〉는 나이 먹은 할아버지가 주저리주저리 떠드는 이야기인걸요. 독자분들도 이 에세이에 세련된 걸 바라지는 않을걸? (웃음) 저는 '오, 아베 씨가 이렇게 나오셨단 말이지!'라며 잡지를 읽는 순간이 매번 즐거워요. 그런데 일러스트는 그리는 데 시간이 얼마나 걸리시나요?

아베　음식 하나를 그리는 데에 6시간 정도 걸리려나요.

마츠시게　우아, 그렇게나 오래!

아베　즐거우니까 시간이 순식간에 가요. 물론 그리다가 '어떡하지, 전혀 맛있어 보이질 않네'라는 생각이 들 때도 있어요. 몇 번을 고쳐 그리고 나면 '이제 됐어! 좋은데~'라는 생각이 드는 순간이 와요. 스태프에게 아무 말도 하지 않고 "이거 스캔해 주세요"라고 건네는데, 그때

그녀가 "우아, 맛있어 보여요!"라고 말해 주면 이제 첫
번째 단계는 돌파한 거지요. (웃음) 마츠시게 씨는 글
을 어떤 식으로 쓰시나요?

마츠시게   아침마다 개와 한 시간 정도 산책을 하는데, 그때 에
세이에 대해 생각할 때가 많습니다. 무언가 재미있는
이야기를 하나 만들고, 거기에 음식을 끼워 넣는 느낌
이에요. 그런 다음 집으로 돌아가서 한 시간 반 정도
글을 쓰고, 아내에게 읽어 보게 합니다. 그러다 보면
"이건 아니지 않아?"라는 소리를 들을 때도 있어요.
그러면 또 그런가 하고 수정하지요. 아내가 대표 독자
인 셈이에요.

아베   정말 멋진 아내분이시네요! 글을 쓸 때 음식을 먼저
정하지 않는다니 의외네요.

마츠시게   스토리를 대부분 3단으로 구성합니다. 기승전결이 아
닌 서파큐序破急. 일본 예능의 공통된 이념 중 하나로, 곡이나 희곡을 구성하는
3단계인 '완만한 도입부·풍부한 내용 전개·신속한 마무리'를 가리킨다 같은 느
낌으로요. 다만 목차를 보시면 아시겠지만, 생각보다

속에 있던 것을 다 드러냈어요. (웃음) 그러니 앞으로는 창작하는 방식으로 갈지도 모르겠습니다. 여성지에 연재한 글이지만, 단행본으로 엮고 나니 역시 남성분들도 많이 읽어 주셨으면 합니다. 아베 씨의 그림도 아저씨들에게 반응이 좋을 것 같고요. 사케토바(연어포)를 그려 버리시는 분이니까요.

아베 아, 그렇네요. (웃음) 남녀노소 누구나 읽어 주셨으면 해요. 그런데 마츠시게 씨는 요즘 혹시 생각나는 음식이 있으신가요?

마츠시게 글쎄요. 오동통하게 살이 오른 꽁치를 한 번 더 먹고 싶기는 하네요. 구울 때부터 벌써 기름이 잘잘 흘러내리는 그런 꽁치요.

아베 끝내주겠네요! 내장이 지글지글 타고 말이지요.

마츠시게 맞아요. 그걸 살과 함께 먹는 거지요.

아베 생선 이야기가 나와서 말인데, 생선 내장이나 타치(대구 이리)도 좋겠어요.

마츠시게   내장이나 타치요? 그건 위도가 너무 차이 나는데요. 너무 낯설어요. (웃음) 대구 이리를 '타치'라고 부르는 건 처음 알았어요.

아베   홋카이도에서는 그렇게 부르는 경우가 많아요. 이렇게 이야기만 나눠도 아사히카와의 도쿠사쿠 산시로 식당에 가서 니혼슈를 마시고 싶어지네요. (술주전자를 숯불에 올려) 술을 데워서 말이에요. 직화로 데우는 술이 중탕으로 데우는 술보다 더 깊은 맛이 우러나온다고 하더라고요.

마츠시게   그 말에는 '어디까지나 개인의 감상입니다'라는 주석이 꼭 필요하겠는데요. (웃음) 〈고독한~〉 촬영을 위해 처음 도쿠사쿠 산시로에 갔을 때, 이렇게 맛있는 니혼슈는 어디에도 없을 거라는 생각이 들었지요.

아베   맞아요. 오래 자리를 지키고 있는 가게는 다 그만한 이유가 있더라니까요.

마츠시게　생각나는 음식이라고 하니까 말인데, 요즘 매니저인 스즈키 씨가 엄청 맛있게 드셔서 그런지 과일 샌드위치에 눈을 뜨고 말았어요. 이것저것 먹어 봤지만, 카지츠엔果汁園의 과일 샌드위치가 맛있더라고요. 네모난 샌드위치 안에 파인애플과 망고가 들어가서요.

아베　우아, 네모난 샌드위치라니 세련되었는데요. 저도 당장 먹어 보고 싶어요. 저는 일주일에 한 번은 향신료가 당겨요. 그중에서도 쿠민을 무척이나 좋아해요. 라디오 방송에서 된장국에 넣으면 소화를 촉진해 주어 좋다고 그러더라고요.

마츠시게　향신료를 된장국에요? 어떻게 만드는 건가요?

아베　쿠민 씨앗을 볶아서 돈지루돼지고기로 맛을 내는 일본식 된장국에 넣어도 되고, 쿠민가루를 그대로 된장국에 뿌려도 돼요. 샐러드에도 잘 어울린답니다.

마츠시게　쿠민이라, 그거 좋네요.

아베   또 요즘은 판체타^{삼겹살을 허브와 소금에 절여 숙성시킨 것}를 만들기 시작했어요.

마츠시게   판체타라면 성우인 지롤라모 판체타 씨요?

아베   아니, 사람이 아니라 요리요! (웃음)

마츠시게   대단하네요. '역시나'세요. 판체타를 집에서 직접 만드시다니!

음식에 관한 이야기가 계속 이어지니 나머지는 다음 기회에.

고독한 미식가의
먹는 노트

초판 1쇄 발행 2025년 2월 27일

지은이 마츠시게 유타카
옮긴이 황세정
펴낸곳 ㈜에스제이더블유인터내셔널
펴낸이 양홍걸 이시원

홈페이지 siwonbooks.com
블로그·인스타·페이스북 siwonbooks
주소 서울시 영등포구 영신로 166 시원스쿨
구입 문의 02)2014-8151
고객센터 02)6409-0878

ISBN 979-11-6150-949-5 (03830)

시원북스는 ㈜에스제이더블유인터내셔널의 단행본 브랜드입니다.

독자 여러분의 투고를 기다립니다.
책에 관한 아이디어나 투고를 보내주세요.
siwonbooks@siwonschool.com